as cinco estações do amor

as cinco
estações
do amor

joão almino

as cinco estações do amor

3ª edição

EDITORA RECORD
RIO DE JANEIRO • SÃO PAULO
2025

CIP-BRASIL. CATALOGAÇÃO NA PUBLICAÇÃO
SINDICATO NACIONAL DOS EDITORES DE LIVROS, RJ

A455c   Almino, João
3. ed.   As cinco estações do amor / João Almino. - 3. ed. - Rio de
         Janeiro : Record, 2025.

         ISBN 978-85-01-92303-5

         1. Romance brasileiro. I. Título.

24-94764   CDD: 869.3
                                  CDU: 82-93(81)

Gabriela Faray Ferreira Lopes - Bibliotecária - CRB-7/6643

Copyright © João Almino, 2001, 2025

Texto revisado segundo o Acordo Ortográfico da Língua Portuguesa de 1990.

Todos os direitos reservados. Proibida a reprodução, armazenamento ou transmissão de partes deste livro, através de quaisquer meios, sem prévia autorização por escrito.

Direitos exclusivos desta edição reservados pela
EDITORA RECORD LTDA.
Rua Argentina, 171 – Rio de Janeiro, RJ – 20921-380 – Tel.: (21) 2585-2000.

Impresso no Brasil

ISBN 978-85-01-92303-5

Seja um leitor preferencial Record.
Cadastre-se no site www.record.com.br
e receba informações sobre nossos
lançamentos e nossas promoções.

Atendimento e venda direta ao leitor:
sac@record.com.br

Para não matar seu tempo, imaginou:
vivê-lo enquanto ele ocorre, ao vivo;
no instante finíssimo em que ocorre,
em ponta de agulha [...]
[...] viver
a agulha de um só instante, plenamente.

João Cabral de Melo Neto

Sumário

1. Aventuras da solidão   9

2. O amor, esta palavra   61

3. Labirintos do amor   91

4. Paixões de suicidas   127

5. A última estação do amor   157

Fortuna crítica sobre *As cinco estações do amor*   203

1
Aventuras da solidão

T U D O começa depois que recebo a carta de Norberto, há pouco mais de um ano, em dois dias de crise e revelação. Não posso evitar o que vai acontecer. Há erros que só aparecem com a experiência, quando já não conseguimos corrigi-los.

É uma dessas tardes quentes de Brasília. Desço o vidro do carro. Guardo o revólver na bolsa e dou partida. Aceno para Carlos. Passa horas plantando rosas das mais diferentes cores, até mudas importadas da França e dos Estados Unidos. Outra paixão dele são as orquídeas, algumas em vasos e a maior parte enxertadas em duas árvores do jardim. Não sei se ama a mulher. Ama as flores, especialmente as rosas e as orquídeas. Seus cabelos prateados brilham com o sol. Me chama atenção seu ar ainda jovial e uma calma manifesta na voz e nos gestos pausados. Adora futebol e de vez em quando sai com a camiseta do Flamengo para jogar pelada.

"A vida é como no futebol", tinha me dito. "Difícil meter um gol, mas, quanto mais a gente tenta, maior a chance." Quando me vê, esboça um sorriso de satisfação e pede que o aguarde. Tem admiração por mim, alimentada pela ideia que faz da qualidade de minha biblioteca e de uma ou outra bobagem que andei escrevendo. Chegou a fazer dois votos para ser padre. Conhece grego e latim. Passou a vida cercado de livros, mas, segundo me disse, nunca os teve em casa. Por isso, agora aposentado da biblioteca da Câmara, quer consultar a minha. Soube de meu aniversário, e eis que vejo, contra seu torso corpulento e musculoso, as pétalas frágeis de uma rosa vermelha colhida para mim. Quem não gosta de receber uma rosa? Realça as cores desta tarde, quando uma luz amarela banha a paisagem.

Diana desceria se requebrando em minissaia para receber esta rosa. Diria a Carlos que acha uma gracinha vê-lo cuidar do jardim, e esta história poderia ter outro começo. Diana é meu lado avesso, que sempre morou dentro de mim. Eu devia ter sido registrada como Ana, nome escolhido de comum acordo por meus pais. Mas Diana foi o primeiro nome que mamãe quis me dar, nome espontâneo que não por acaso é o que consta de minha certidão de nascimento. Como papai foi contra, acabaram me chamando Ana. Então às vezes me imagino Diana, fazendo o que temo, dizendo o que calo. Ela tem sempre a resposta na ponta da língua. Já eu mordo a língua. É assim: quando sou quem sou, sou Ana. Quando sou quem quero ser, Diana. Ela sou eu em puro desejo. Somos muito parecidas, irmãs gêmeas. Diana me prolonga. Prolonga meu espírito, meu corpo — pois, sendo ainda mais alta, suaviza os recheios que ganhei com o tempo e minha pele, já que não tem rugas.

Porque sou Ana, me contenho. O máximo de minha ousadia é usar este vestido rosa de alça, meias pretas de seda, sapatos e bolsa vermelhos. Tomei dois longos banhos, experimentei o novo xampu recomendado pelo cabeleireiro — cortou demais meus cabelos, o que realçou desproporcionalmente meu nariz — e cobri-me de loção.

Se não tive namorados desde que me separei, não é porque não tenha me recuperado do escândalo da separação. É que aprendi certas coisas sobre os homens. Divido-os em três categorias: a dos que é melhor evitar, a dos inofensivos e a dos que vale a pena provocar, só provocar. Prefiro recusar todos, embora ainda fantasie um grande amor, achando que vou encontrar quem me faça verdadeira companhia. Sinto-me especialmente poderosa, um poder que manipulo com meu corpo, ao recusar as investidas de homens que se julgam importantes. Na verdade, tenho de admitir, não surgem pretendentes, ou, quando se insinuam, são casados, à procura de uma aventurazinha. Incluo Carlos — e seu sorriso aberto, charmoso, seu gesto de me trazer uma rosa potencialmente nesta categoria, embora note pela primeira vez algo diferente no seu olhar, não sei se por causa de um sonho horripilante.

Era sequestrada por bandidos que exigiam dinheiro vivo. Não tinha o dinheiro. Meu cartão de crédito era grosso demais a ponto de não passar na máquina. Eu tinha um terreno herdado de papai, que ia ser desapropriado, nem sabia quanto valia, o governo ia avaliar, e era finalmente meu ex-marido quem pagaria o resgate. Um dos bandidos tinha amarrado meus pulsos. Por milagre eu libertava as mãos, conseguia encontrar o revólver dentro da bolsa e atirava. O sangue espirrava do rosto do menino, então eu notava que se tratava de um menino desarmado chorando por comida. A fome morava naquela criança, sempre tinha morado desde o nascimento, eu constatava pelas costelas. Me sentia terrivelmente culpada, seria presa por não lhe ter dado a comida que pedia e, ainda por cima, por ter cometido um assassinato bárbaro. Pois bem: o policial corpulento que me prendia com algemas pesadas era o meu vizinho Carlos, que me dirigia um olhar indiferente, como se não me conhecesse.

É óbvio por que meu ex-marido entrou naquele sonho. Minha casa ainda me faz recordá-lo e tenho passado por dificuldades financeiras. Depois de minha separação traumática dele, fiquei com a casa, os móveis e quadros. Nada de pensão. Passei a viver com meu modesto salário de professora universitária.

Tomo o Eixo Monumental. À minha frente, o quadrilátero de luzes do Conjunto Nacional se ilumina. O vermelho dos anúncios parece continuar pelo céu. Sobre o horizonte enrubescido, as nuvens desenham figuras de fumaça em espiral. Bem no meio, um enorme ponto de interrogação cinza-avermelhado. No meio do céu e de minha vida. Pressentimento passageiro, que me vem numa distração.

AS CINCO ESTAÇÕES DO AMOR 13

É outono nas quaresmas em flor; nas árvores e grama ainda verdes. As nuvens podem, a qualquer momento, descarregar mais chuvas. Mas em breve deve começar o longo inverno seco, que todo mundo aqui teme, menos eu, pois a secura é do meu temperamento, assim como são estas paisagens vazias, pontuadas por figuras que as cruzam como formiguinhas perdidas.

Telefono para Chicão assim que recebo a carta de Norberto. Não passa por minha cabeça comemorar meu aniversário. Aliás, tinha decidido não fazer nada, absolutamente nada. "Que deprimente!", Chicão protesta e me convence a aceitar seu convite para o "nosso jantar trivial simples", como define. Estaremos apenas nós — eu, ele e o companheiro dele, Marcelo.

Vivo quase sozinha, cercada de poucos amigos. A amizade nasce mais facilmente em meio à irresponsabilidade e à conivência da juventude. Com a idade, minha cota de amigos diminuiu e hoje está preenchida.

Associo a amizade à época dos inúteis, assim nos chamávamos há trinta anos, ideia de Chicão, que sempre pregou a passividade. "A ação decorre mais da ignorância do que do conhecimento", ele dizia. Desde aquela época, não faço verdadeiros amigos. Sem que eu percebesse, o tempo tornou-se um bem raro e fez sumir a disponibilidade que toda amizade exige.

Dos inúteis, além de mim, só Chicão e Tatá ainda moram em Brasília. Encontro Tatá rarissimamente, sempre por casualidade. Estive uma única vez na casa dele, na Península Norte. É dono de uma fazenda, de um mercadinho de entrequadra e do restaurante Delícias de Minas, na 204 Sul. No tempo dos inúteis, já se via que seu espírito pragmático o levaria longe. Vivia repetindo que São Paulo deu certo porque tem sangue japonês. Mas Chicão diz que nunca o viu como japonês nem como capitalista empreendedor, e sim como pertencente a um povo originário. A prova estaria em seus cabelos pretos e lisos, em franja estilo Beatles. Nossa turma sempre preferiu chamá-lo de Tatá e não pelo seu sobrenome verdadeiro, Tanabe.

Amigo homem, só Chicão, com quem posso me abrir sem medo; com quem brigo e me reconcilio. Nunca me passaria a perna, sempre me defenderia. Quando nossas opiniões divergem, em algum ponto nossas vontades se fundem, temperadas por um calor constante e brando. Opinião não define amizade. O que conta é a simpatia de um pelo outro. A afetividade, o carinho. É saber que, quando me queixo, Chicão me ouve e tenta me entender. Diante dele posso chorar, como chorei quando papai morreu, sabendo que ele vai me confortar. Entre nós não há obrigações, frescuras, nem salamaleques. É para o apartamento dele, na 308 Norte, que sigo nesta tarde quente, com a rosa que Carlos me deu presa no vestido, para comemorar meus 55 anos e falar de coisas sérias e menos sérias, política e outras desgraças do mundo.

Conheci-o logo que cheguei a Brasília, alugando um quarto no seu apartamento da 105 Sul. Da janela do sexto andar, avistávamos o lago, onde se refletiam os humores de cada dia, e as colinas que subiam no horizonte. Como dizem em Minas, de longe todo morro é azul. Sobre aquelas colinas, nuvens escuras, carregadas, prenunciavam coisa sinistra, mas minha superstição não atrapalhava sonhos grandes. Brasília era "a cidade moderna e o futuro do mundo", como papai dizia. Se ele tivesse dinheiro, teria comprado lotes em Goiânia e no Lago Sul. O Plano Piloto não era bem uma cidade. Era uma ideia — ideia de moderno, de futuro, minha ideia de Brasil.

Para mim era como pular um muro para cair no coração do país, um coração que batia como o meu. Com a forma de borboleta que Lúcio Costa lhe deu, Brasília era um ponto livre no espaço vazio, com direito de voar e crescer para qualquer lado. Seu astral oscilava entre o firmamento infinito e o barro molhado e escuro — onde, com prazer, eu sujava meus pés e que contrastava com os eixos limpos e o verde organizado em grandes quadrados.

Cidade nova, vida nova. Na chegada, de noite, meus olhos brilhavam para um tapete salpicado de luzinhas enfileiradas que se espalhavam como raios em todas as direções. Aquelas chamas de mistério e esperança piscavam para mim. Sua beleza assombrosa me dava um frio na barriga. Assim cheguei a Brasília, com a ilusão de aventura e liberdade.

Na paisagem eu adivinhava todo um estilo de vida, um jeito do Planalto. Arrojado e elegante. Simples e direto. Tosco e moderno. Como se o candango confiante brotasse da dureza de vida dos nordestinos. Havia um estilo do homem e da mulher de Brasília, mesmo que ninguém viesse dali. Talvez fosse aquele estrangeirismo, aquele não pertencer pertencendo. O espanto comum diante do céu imenso; do excesso de chão. A imaginação atiçada pela liberdade e leveza das lajes de concreto, a desafiar os cálculos dos engenheiros. A teimosia em desfazer o traçado limpo, as linhas retas e as curvas suaves dos arquitetos. E isso com a espontaneidade caótica estampada nos muros sujos e nas veredas sinuosas. Dá para entender por que o astronauta russo Iúri Gagarin achou que Brasília parecia outro planeta.

Desde aquela época que o grupo dos inúteis não se vê. Mas é chegado o momento do reencontro, como lembra Norberto na carta que me escreveu de San Francisco — como evidência de que quem desaparece é mesmo encontrado por lá. Assim, nesta tarde quente, saio de casa menos para comemorar meu aniversário do que para mostrar a Chicão a famigerada carta, que só lendo para crer. Quando chego, aqui está também Jeremias, solteirão e um de meus ex-colegas de universidade. Mantenho cada vez menos contato com ele e todos os meus chatésimos ex-colegas de trabalho. Depois cobro de Chicão: "Qual é? Dando uma de alcoviteiro?" Uma mesa de três seria muito estranha, ele se defende.

Em geral discordo de Chicão, mas gosto — gosto mesmo — das excentricidades dele. Sinto prazer em ouvir seus monólogos. Crítico de plantão, atira contra tudo e todos com sua metralhadora giratória, sem se interessar genuinamente por nada. Um inútil erudito, como digo. Sua memória prodigiosa deixa a minha no chinelo. Ele grava tudo: nomes, datas, diálogos inteiros de filmes e até conversas que ouve. Foi vencedor de um

AS CINCO ESTAÇÕES DO AMOR   17

concurso de televisão onde respondia sobre a história dos papas. Não me importa que, no fundo, seja conservador e esteja, desde que o conheci, pendurado no seu emprego do Patrimônio.

Nesta noite só quero uma coisa: que me ajude a decidir se respondo ou não à carta de Norberto e sobretudo se aceito hospedá-lo. Já se vão mais de trinta anos desde que, uma noite, no Beirute, Norberto se juntou a nosso grupo. Era engraçado, e nos tinham encantado seu violão e sua voz, cobrindo um repertório que vinha de tangos e do samba-canção, passava pela bossa nova e chegava ao tropicalismo, bem como suas feições da cor da terra do Planalto, angulosas como os recortes da paisagem e ao mesmo tempo angelicais, com seus olhos de Alain Delon em *Rocco e seus irmãos*.

Cada rosto revela sua trajetória e a projeta para o futuro. No de Norberto, eu via a pobreza, o sofrimento e a tristeza de sua infância, e pressentia o candango refinado e livre, determinado a extrair leite de pedra se fosse preciso; a descobrir um sentido para o vazio do Planalto Central. Se havia um homem de Brasília, para mim era ele. Deu-me seu número de telefone e passei a semana pensando em como criar coragem para chamá-lo.

Já naquela época, dentro de mim conviviam Diana e Ana. Diana, a aventureira; Ana, a recatada. Diana, a corajosa; Ana, a que sofria os estragos da coragem. Assumi meu lado Diana:

— Quero vê-lo porque não consigo esquecer seu rosto.

— Então sou pra você só um rosto?

— Tinha de ligar pra você, antes que fosse tarde.

— Tarde pra quê?

Talvez eu quisesse dizer "tarde para o amor", mas não respondi.

Combinamos de nos ver. Melhor que o encontro fosse só para um café. Embora tivesse telefonado para não me sentir covarde, não queria apressar as coisas. Era ali todinha Ana e logo me arrependi de ter ligado. Mas ele era tão charmoso... O homem mais bonito do mundo. Atraíam-me o queixo anguloso, o nariz imperfeito e os olhos de gato, tudo isso envolto num ar inocente.

Fomos à Confeitaria Suíça, no começo da Asa Sul. Nascido no interior, de família pobre, ele tinha chegado aos doze anos a Brasília com os candangos, ainda para a construção. Tinha visto a Cidade Livre como um nada, o cerrado sem casas. Fizera a vida sozinho. Sua paixão era o desenho — desenhava sobretudo rostos, com facilidade, a lápis ou a bico de pena. Se pudesse, viveria disso.

Atribuí seu comportamento evasivo a uma suposta timidez, o que só fez crescer minha atração por ele. Quando concordou em me ver novamente, me perguntou se eu não tinha namorado. Deixei escapar: "Não sei qual será o futuro de nossa relação." E por muitos dias o eco do seu silêncio me torturou.

Saímos outras vezes e confirmamos que tínhamos muito em comum. Com o tempo, minha afeição por Norberto chegou ao ponto em que ele não saía de minha cabeça, ocupava todas as minhas distrações. Finalmente Diana se impacientou. Sem temer as consequências, falou abertamente sobre o que sentia, tinha ficado perturbada por aquela beleza desde a primeira vez que o vira; estava apaixonada por ele.

Não o levasse a mal, retrucou, gostava de mim, por isso tinha que abrir o jogo. Confessou, chorando, suas preferências. Falou sobre seu amigo, Cláudio Reis, que veio a ser o Filósofo de nosso grupo dos inúteis. Eu acreditasse: me amava, me amava de verdade, mas era um amor sem sexo. Eu não estava interessada no sexo dele, respondi, queria só que me abraçasse, e assim ficamos abraçados, envolvidos por uma emoção doce, que nos fazia verter lágrimas.

"Quero que você seja minha amiga, minha amiga pra sempre", me propôs. E eu correspondi com sinceridade a seu sentimento, também queria ser amiga dele para sempre. O que quer que eu viesse a ser, fosse rica ou pobre, me casasse ou não, ele continuaria a importar para mim, eu sempre teria interesse nele; velhinhos, estaríamos um ao lado do outro, repartindo o desejo de mudar o mundo, trocando ideias, admirando as coisas bonitas, rindo do ridículo. "Quero fazer um retrato seu, um retrato pra selar nossa amizade", me disse. Uma pintura a óleo, sua primeira e talvez a única.

Posei horas a fio, dia após dia. Creio que devido à sua pouca prática com a pintura, cometeu erros, sobretudo ao reforçar os traços do meu rosto, que começou a parecer enrugado e sombrio. Convenci Norberto não apenas a preservar o quadro que ele quis destruir, mas também a aprofundar aquela tendência que nele se esboçava. Nada a ver com Dorian Gray. Não devia me pintar jovem, seria melhor me retratar como se eu estivesse no fim da vida, para que pudesse me olhar no espelho da morte, sem medo da passagem do tempo, vacinada contra as rugas e o sofrimento. Que nossa amizade, que duraria para sempre, se selasse sobre a imagem do meu fim. "Quero antecipar todas as desgraças, sobretudo a velhice, para que o futuro deixe de me assustar", lhe expliquei.

Furamos nossos dedos com uma agulha fininha. Com um pouco do nosso sangue, mais tinta vermelha, Norberto ainda deitou umas pinceladas leves sobre a tela num dos lados do meu rosto envelhecido. E com a mesma mistura assinou embaixo no canto direito.

Depois, quando passamos um fim de semana na chácara de um casal amigo próxima a Pirenópolis, já aceitávamos como normal que Norberto e o Filósofo se abraçassem na frente de todos. Tínhamos em comum que não podíamos ser caretas. Caretice era ser virgem, pudica, certinha demais, a favor dos militares, não beber, não puxar fumo...

Naquele fim de semana, comentei com Helena minha tentativa frustrada de namoro. "Ah, não me diga que você nem desconfiava!" Fiquei furiosa. Sacanagem! Por que ela não tinha me contado antes?

O pacto do reencontro no ano 2000 — o que Norberto me relembra na sua carta — surgiu quando fizemos, cerca de um mês depois, a viagem mística ao Jardim da Salvação, de onde eu trouxe esta garrafa com terra. Norberto não esqueceu nosso compromisso, assu-

AS CINCO ESTAÇÕES DO AMOR 21

mido debaixo de raios e de uma chuva gelada. Na carta, além de propor vir morar comigo por uns tempos para prepararmos juntos o reencontro, revela novidades suas que pretendo compartilhar com Chicão. Quer receber minha bênção e manda uma foto para eu "não desmaiar" quando o veja. Espera que eu aprove seu novo visual e pede que não comente com ninguém... Mudou de voz, não tem absolutamente nada a ver com Norberto, Norberto é o passado. Até de nome mudou. Vem se chamando Berta, mas agora será diferente, fez uma operação para virar mulher. Por isso quer regularizar seus papéis e planeja, com minha ajuda, assumir a identidade de Helena, pois se lembra da tal pasta com os documentos dela... A fotografia que acompanha a carta de Norberto é de uma mulher de cinquenta e poucos anos, cabelos louros tipo Barbie e muito armados, com um penteado alto. Quase não o reconheço. A delicadeza das feições se acentuou — os ossos do queixo estão mais redondos, o nariz mais perfeito —, mas contrasta com o pescoço largo e masculino.

Passei a dividir um apartamento com Helena quando cheguei a Brasília, depois de um mês alugando o quarto de Chicão. "Ela dança bem, é divertida e dá boas festas", Chicão me disse. "Mas tenho de alertar você para uma coisa. Não tenho nada contra as amigas dela, mas tome cuidado com elas. Nem tenha o endereço de alguma delas na sua caderneta. Uma delas só foi solta pela polícia por causa da interferência de um general amigo da família."

Ainda hoje é como se visse Helena na minha frente, rosto espantado, sem pintura, cabelos encaracolados, discutindo, exaltada, ora porque não admitia que os militares chamassem de "revolução" seu golpe de Estado, ora porque um de nós parecia pensar apenas como reformista e não como verdadeiro revolucionário, ou ainda por outras tantas razões decorrentes da ambiguidade de viver entre o desbunde e o engajamento. Cinco anos mais velha do que eu, me via como ingênua e inexperiente.

Meu quarto era simples, paredes brancas, um pôster, poucos livros, uma rede nordestina comprada em Taguatinga e, já então, uma enorme tralha de objetos e papéis. Era sacrificante para os meus pais, mas, enquanto não conseguia emprego, aceitei de bom grado que me sustentassem. Mandavam dinheiro suficiente para as despesas básicas.

— Estou cheia de dúvidas. Pra início de conversa, os inúteis não representam mais nada uns pros outros. Eu jamais proporia esse reencontro — explico a Chicão, depois de desembrulhar o abajur de vidro que ele e Marcelo me deram e o CD, presente de Jeremias.

Chicão soca o fumo no cachimbo, acende-o e começa a jogar suas baforadas no ar. Não se notam seus sessenta anos, sobretudo que não tem mais cabelo branco, e a barba, agora igualmente preta, está mais bem-cuidada do que nunca.

— Ana, faço questão que você fale na conferência que estou organizando. Maria Antônia topou vir. Com Chicão presente, já serão três inúteis juntos — Jeremias se intromete.

AS CINCO ESTAÇÕES DO AMOR

Maria Antônia de fato tinha integrado nosso grupo quando passou a dividir o apartamento comigo e Helena.

Marcelo arrola para nós os artigos do Código Penal infringidos por Norberto, se utilizar a identidade de Helena. Coisa de advogado.

— Ela pode ainda estar viva — diz.

— Só porque nunca encontraram o corpo? Isso não prova nada. O mais provável é que tenha sido mesmo morta — friso.

— Um dia ela ainda ressuscita — Marcelo contesta.

Envolto pela fumaça de seu cachimbo, Chicão não se pronuncia.

— Troquemos Helena por um uísque — propõe.

Tomo três e, como ele, não paro de fumar.

— Mas vale a pena convocar o reencontro? — pergunto. — Não tenho nem todos os endereços; o de Cadu, por exemplo...

— É só ligar pra Joana — diz Chicão.

— Justamente o que não quero, pois então terei de chamá-la também. Afinal de contas, ela nunca fez parte do grupo.

— Será que aquele gigolô ainda não perdeu a vergonha de viver sustentado por Joana? — Marcelo dá sua agulhada.

— Ele ainda está vivo, é? Achei que tinha morrido — insinua, maldoso, Jeremias, que mal conhece Cadu.

Não gosto de ouvir isso, pois há uns anos ele quase morreu mesmo de overdose. Chicão vira-se para mim:

— Não vá me dizer que até você acha charmoso aquele imbecil.

— Me pergunto se ele vai continuar tarado depois de velho — Marcelo completa.

— Tarado, mas sem sucesso — Chicão precisa.

Arrependo-me de ter lembrado o nome do coitado.

— Eva se suicidou porque não conseguiu segurar a barra do casamento com ele — afirma Marcelo.

Me dá uma enorme tristeza pensar em Eva, que de fato também tinha sido parte do grupo por um breve momento.

Pensando bem, o reencontro que Norberto agora cobra na carta que mostro a Chicão decorre de uma sugestão dela na chácara de uns amigos próxima a Pirenópolis. Ela era a musa do grupo, admirada e ouvida. Não era bonita, mas era a personagem da moda — ou melhor, da antimoda. Se pudesse, teria estado em Woodstock. Era vegetariana e se dizia anticapitalista. Eu tinha atração por seu estilo de vida. Por mais que tentasse, não conseguia imitá-la.

Pela primeira vez o nosso grupo tinha a presença de Cadu, convidado de Eva. Carregava a tiracolo, de um lado, uma super-8, e, do outro, uma máquina fotográfica. Sugeriu que tirássemos a roupa para entrar no rio. Caretice se chocar com tal proposta. Aleguei que a água estava fria. Eva se desvestia com facilidade de suas roupas indianas para mergulhar. Só ela e seus amigos anfitriões aceitaram o convite de Cadu. Não havia naturalidade nos gestos dele. Ou talvez fosse aquela a verdadeira naturalidade masculina. Não disfarçava seu encantamento. Sobretudo não desgrudava os olhos das banhistas.

Os donos da chácara eram conhecedores de árvores e bichos. Fizemos um passeio pela margem do rio numa carroça puxada a bois em cangas e ouvimos lições sobre cobras. Pela primeira vez fui apresentada a um pé de candeal. Tomei a resina colhida diretamente do caule do jatobá, de onde pingos caíam num copinho. Ouvimos que servia "pra fraqueza, tosse e bronquite". Falaram de guarás, guaxinins e de moché, nome local dos sapos. No jantar, arroz de pequi e uma salada com guariroba, espécie de palmito cortado de palmeiras da própria chácara. Depois ficamos ao ar livre tomando licor de sapoti e olhando a infinidade de estrelas num céu de lua nova.

O misticismo casa bem com um ambiente assim. Na paisagem urbana de Brasília, Eva não teria sido convincente ao contar suas idas ao Jardim da Salvação e falar na profetisa Íris Quelemém, que conhecíamos de nome. Fora Eva, nenhum de nós levava a sério o Jardim da Salvação, mas combinamos ir lá juntos. No mínimo tínhamos uma curiosidade antropológica, ou talvez Eva tivesse razão quando depois disse que nosso materialismo não resistia ao mais leve apelo místico.

— Só devido ao caso de Cadu com Joana? Eva nunca nem desconfiou. Se suicidou por excesso de vitalidade. Não estava à altura das ilusões que se fez — Chicão filosofa.

Insisto no assunto que me interessa:

— Vocês não acham que a situação é maluca demais? Tudo bem organizar a reunião. Também não tenho nada contra Norberto ter operado. O corpo é dele, a vida é dele… Agora, querer vir antes, passar não sei quantos meses comigo e, pior, assumir a identidade de Helena, isto, sim, me incomoda.

— Basta você dizer que não pretende organizar reunião coisa nenhuma. Pronto, desaparece a razão pra ele vir — Jeremias mete novamente seu bedelho onde não é chamado, mas desta vez até lhe fico agradecida pelo conselho.

— É mesmo a melhor saída — concordo.

Vamos todos para a cozinha.

— Se soubesse que estavam sem empregada, não teria aceitado o convite — digo.

— Sem essa. Adoro cozinhar. O picadinho está pronto e Marquinhos já está dormindo — Chicão me tranquiliza. Marquinhos, de três anos, é o filho adotivo dos dois.

Já à mesa, como se voltasse atrás no seu conselho, Jeremias me informa:

— Tenho o endereço de Maria Antônia.

— Eu também. Quando vou a São Paulo ainda me encontro com ela — esclareço.

— Agora são os peitos dela que estão empinados, e não mais a bunda — Chicão declara, no tom grave e sonoro que faz jus a seu porte volumoso.

— Chicão, comporte-se! — Marcelo ordena. Tem o hábito de controlar Chicão e de enquadrá-lo como um bom advogado: "Não jogue fumaça na cara de Ana, Chicão! Não diga isso, Chicão! Não diga aquilo!"

— Cadu tinha fixação no traseiro dela — Chicão continua.

No íntimo tendo a concordar com Chicão quanto aos peitos empinados, se é que entendo o que ele quer dizer. De fato, com o tempo Maria Antônia se distanciou de mim. Nunca que vai descer de seu pedestal para afagar sua ex-amiga em desgraça.

Jeremias, fascinado que conheçamos Maria Antônia com aquela intimidade, nos enche de perguntas sobre ela. Depois, no que parece uma crítica velada, apenas afirma:

— Maria Antônia está envolvida com o movimento dos sem-terra. Pra ela, a reforma agrária só pode acontecer na marra.

Terminado o jantar, Chicão me mostra a edição póstuma da tese do Filósofo, o amigo de Norberto, sobre Husserl, que acabou de sair. Ele morreu há uns cinco anos, de aids. Na época Maria Antônia me ligou de São Paulo, avisando. Não fui. Não conhecia a família... Mandei um telegrama.

Ele falava macio, sempre com um sorriso nos lábios. Causou enorme sensação quando apareceu pela primeira vez no Beirute, levado por Norberto. "Muito prazer. Sou Cláudio Reis", balbuciou, tímido e formal. Mostrava um livrinho de poesia que ele mesmo tinha publicado e distribuía de bar em bar. Aquela foi a única vez em que houve uma discussão séria entre todos nós. "O marxismo é um tipo de platonismo", pontificou. Ser um estranho e estudar filosofia contribuíram para que sua afirmação caísse nas graças de Chicão e nas malhas de Maria Antônia. "Este é o nosso Filósofo", pronunciou Chicão, dando-lhe o apelido que nunca mais perdeu.

Enquanto folheio o livro do Filósofo e a conversa prossegue por monólogos de Chicão, Marcelo começa a cochilar. É hábito dele. Passada determinada hora, não tem jeito. Acaba dormindo no sofá. Jeremias, então, se despede.

— Talvez venha a ter uma razão determinante pra não receber Norberto. Minha irmã está insistindo na minha volta pra Taimbé, o que está me tirando o sono. Diz que mamãe anda rezando pra salvar minha alma... e ainda quer que eu volte! Mamãe sente mesmo falta de mim. Mas na certa é porque precisa de alguém pra cuidar dela, e porque, apesar de tanto tempo e de toda a distância, ainda pensa em me controlar — comento com Chicão.

— Imagine o pior: que você aceite o convite de sua irmã. Qualquer Taimbé deve ser melhor do que Brasília — ele opina.

— Mais tranquila é, com certeza. O que não é difícil, convenhamos. Nunca imaginei que pudesse chegar ao ponto de comprar um revólver. Formiga, meu sobrinho, me convenceu da necessidade. De segunda mão. Calibre 38, o chamado trezoitão. Consegui o porte sem ter disparado um tiro. Agora já o testei muitas vezes, treinando tiro ao alvo, e aguento bem o recuo. É de manuseio fácil.

— Mas você não tem lá aquela fera, o Valentino? — Chicão sempre chamou Rodolfo de Valentino.

De fato, ainda tenho a companhia de meu cachorro Rodolfo e de meus gatos Lia e Leo, ambos de pelos longos e olhos amarelos. Convivem os três perfeitamente bem. Comprei Leo e Lia sobretudo para combater o rato que mora na cozinha e parece profundo conhecedor de ratoeiras, pois sempre consegue evitá-las. De vez em quando me encontro com ele, ele foge para baixo da geladeira e eu para cima das cadeiras. Já Rodolfo não lhe causa medo. Até se tornou seu melhor amigo.

Rodolfo sempre vem me receber à porta, com o rabo abanando de contentamento. Prezo mais este presente de Norberto, já se vão quinze anos, do que a quantidade de asneiras que andou me escrevendo desde que foi para São Paulo e daí para Lisboa. É um vira-lata com alma, feições e até a cor bege de labrador. O nome Rodolfo me veio, sem mais. Pensei em Rodolfo Valentino. Chicão acha que eu quis ridicularizar um conhecido nosso, outro Rodolfo. Mas o bicho tinha mesmo cara de Rodolfo, cara daquele nome, seja Valentino ou outro Rodolfo qualquer.

— Ah, esse de valente não tem nada. Sempre foi molenga, abana o rabo pra qualquer estranho. Também, se fosse uma fera, de pouco adiantava — eu disse.

— Então vamos condecorá-lo com nossa medalha de honra da inutilidade! Agora, sério, Ana: melhor se desfazer desse revólver.

— Não espero usá-lo. Tenho certeza de que vai ficar em cima de meu guarda-roupa, juntando poeira, anos a fio.

— Você não comprou uma arma, mas um tranquilizante...

Só que no fundo o revólver me deixa, aliás, extremamente intranquila, observo. Quem não ouviu falar de gente que se matou na própria casa só porque tinha uma arma? Coisas como um garoto que encontrou o revólver dentro duma gaveta e, brincando, matou a irmã? Ou o pai que ouviu um barulho de ladrão e só descobriu que era o filho depois de matá-lo? Guardo o revólver em cima do guarda-roupa, mas existe sempre o risco de um desavisado derrubá-lo, disparando-o sem querer. Tenho de deixá-lo carregado, do contrário será inútil em caso de emergência, explico.

Depois que Marcelo se recolhe, aproveito para fazer a Chicão uma confidência que Diana arranca de mim com grande dificuldade:

— Estou embarcando numa depressão.

Não revelo outras tantas coisas em que penso: que minha menopausa foi implacável, de nada adiantando tomar cálcio e complexos vitamínicos; que tive uma queda de tudo, e principalmente de desejo e vontade de viver, que me tornei mais impaciente...

— E as aulas? Os alunos? — Chicão me pergunta, sempre soltando baforadas de seu cachimbo.

— Você não sabia que me aposentei? Não preciso fazer mais nada. Pela primeira vez sou uma mulher livre — participo, em tom de brincadeira.

— Aproveite, então. Foram as mulheres que inventaram o trabalho, mas na verdade foram feitas para a aventura. Homem é que vive em função dessa coisa diária e obrigatória.

— Que ideia machista!

— Mas, olha — ele muda o tom da voz, como se fosse afirmar algo grave —, se você quer ter uma ocu-

AS CINCO ESTAÇÕES DO AMOR 31

pação nobre, é você mesma quem deve organizar a reunião — sugere, sem se tocar para o meu drama, trazendo, como de hábito, um sorriso irônico nas pregas em torno da boca. — Acabei de ler um artigo sobre o ano 2000 através da história, que diz não terem se concretizado nem as previsões catastróficas nem as otimistas. Você deve contribuir pra que pelo menos uma se realize: a de que o grupo dos inúteis vai se reunir.

— Não fizemos uma previsão, mas uma promessa.

— O que está claro para mim é que, se fizermos a reunião, não vou chamar a Joana.

— Mas se Cadu vier, ela não vai querer ficar sozinha no Rio.

Numa festa dada por Joana, com a presença de Cadu, Helena, Maria Antônia, Eva, Norberto, o Filósofo e minha, Chicão batizou a turma como "os inúteis", e ficou combinado que todas as quintas-feiras nos encontraríamos no Beirute. Confiantes em nossa bondade interior e numa sabedoria nascida de um reencontro com nossa própria natureza, desarmados um para o outro, não era sucesso, poder ou dinheiro o que queríamos. Era mudar a sociedade, a política, o país, o mundo. E conseguiríamos, assim pensávamos, porque não estávamos sozinhos; o futuro era nosso. Éramos companheiros de uma viagem; construíamos uma nova era, contra o egoísmo.

Eu já tinha conseguido minha transferência para a Universidade de Brasília. E minha rotina passou a ser: universidade, encontros no Beirute e festas aos sábados.

Sempre temi os sentimentos de Joana para comigo. Só de pensar nela me dá engulhos, embora tenha sido ela quem me apresentou a meu futuro marido, Eduardo, e tenha sido totalmente solidária comigo quando o escândalo com ele estourou.

Ela sempre notava as pequenas falhas de todos, era seu divertimento. Não poupava sequer os amigos. Reclamava de tudo, do colchão ao sapato, do tempo à má dosagem de sal na comida. Mas aceitava o regime militar sem problemas, alegando não se interessar por política.

Não frequentava o Beirute e, quando rompeu com Helena por causa da "luta de classes", deixou de vir às festas. "Se é questão de luta de classes, vamos defender a nossa", ela dizia. Helena chamou-a de "fascista" e, a partir de então, deixaram de se falar.

Por essa época, Joana começou a namorar um empresário carioca bem mais velho do que ela, o tal Rodolfo que Chicão diz ter inspirado o nome de meu cachorro. Daí a seis meses, para nossa surpresa, casou-se com ele e se mudou para o Rio. Só Eva trazia notícias dela, muito de vez em quando.

Apresentou-me a Eduardo, amigo de seu marido de então, na única vez em que a visitei no Rio. Morava num apartamento de cobertura na Vieira Souto. Tinha virado uma dondoca. Numa época em que, seguindo o exemplo de Eva, fazíamos questão de nos vestir como hippies, punha vestidos de grife, calçava sapatos altíssimos e exagerava na pintura do rosto. A decoração do apartamento era de uma beleza rica e, eu diria, metáli-

AS CINCO ESTAÇÕES DO AMOR   33

ca, mas vulgar, de tão estudada. O único toque pessoal era a coleção de quadros que Joana me disse vir fazendo havia anos como investimento, a maioria, segundo ela, guardada por falta de espaço.

Para mostrar uma tela que não parava de elogiar, nos levou a seu quarto — a mim e a Eduardo. Um retrato dela, embora a mulher pintada, de frente, com olhar gélido, fosse irreconhecível. Em segredo, me confessou que ali estavam suas impressões digitais e colados seus verdadeiros cabelos, retalhos das roupas que tinha usado na lua de mel e um salto de sapato.

Depois me estourei de rir com Eduardo, sempre gostei de homem que me faz rir, foi o riso que nos uniu, fundiu nossos espíritos, enquanto uma chuva muito fina começava a cair... Caminhávamos pelo calçadão comentando o decote de Joana, seus cabelos pregados no quadro, as suíças ridículas do Rodolfo contrastando com a careca... Vejo, como se fosse hoje, a rua barulhenta feito um corredor sem fim; os faróis dos carros iluminando o perfil de Eduardo; o Arpoador estranhamente na penumbra; o riso dele, em frente a mim, quando nos sentamos à mesa do bar. Foi paixão à primeira vista. Ele tinha uma sensibilidade muito diferente da minha. Isso me atraiu.

Namorávamos de longe, ele em São Paulo, eu em Brasília. Aquela paixão me consumia a ponto de fazer me afastar dos inúteis. Continuava dividindo o apartamento com Helena e Maria Antônia, até que cada uma foi para o seu lado. Maria Antônia se mudou para São Paulo. Helena deixou comigo sua pasta de documentos.

Não queria queimá-los, e ficar com eles poderia prejudicá-la. Na despedida, só me disse: "Um dia lhe mando notícias." Interpretei que ia assumir uma nova identidade e fazer "a verdadeira revolução", como gostava de dizer, contrastando a revolução que "seria feita" à que os militares inventavam ter feito.

As cidades adquirem o ar dos tempos por que passam. Brasília, que tinha sido promessa de socialismo e, para mim pessoalmente, de liberdade, não usava mais disfarce. A desolação de suas cidades-satélites já a asfixiava. Respirávamos um ar opressivo, pois, até na sala de aula, olhávamos com desconfiança para os colegas recém-ingressos; um deles podia ser do SNI. Por isso dei razão a Helena. Os agentes de segurança estavam de fato à sua procura. Quando me interrogaram sobre seu paradeiro e vasculharam meu apartamento, aceitaram como verdade a pura verdade: eu não tinha a menor ideia de para onde ela havia ido. Em compensação, no que pode ser uma das origens de meu pânico de polícia, passei a ter um pesadelo, que me acompanhou por muito tempo, em que a polícia me perseguia, eu tentava gritar, e minha voz não saía; tentava correr, e minhas pernas patinavam no mesmo lugar.

— Qual o problema de fazer uma festa? É só uma festa. E você não precisa ficar agarrada em Joana.

Não culpo Chicão por uma decisão que é minha: a partir deste momento estou certa de que será melhor receber Norberto. A preparação do reencontro dos inúteis será de fato uma nobre ocupação para mim.

AS CINCO ESTAÇÕES DO AMOR   35

Morro de medo de dirigir sozinha a esta hora. Só não peço a Chicão que me acompanhe porque seria absurdo. Olho em volta. A quadra está morta. Apenas o porteiro na guarita. Esmago no chão meu último cigarro e, com o coração batendo, venho pensando se não é melhor deixar de andar com o revólver na bolsa.

Ligo o rádio do carro. "Cláudio Santoro", anuncia uma voz feminina. Estou inebriada pelos violinos e pelas luzes dos postes correndo sobre meus olhos no para-brisa. Embora deixe o relógio no pulso para não perder a noção das horas, elas pouco têm a ver com meu relógio interno. Servem só para pontuar meus gestos repetitivos, minha monotonia diária.

Chegando em casa, dou um abraço especialmente forte em Rodolfo, que vem como sempre me receber à porta. Está aqui marcando o passar dos anos. Virou paciente e dorminhoco. Não tem nada a ver com o cachorro agitado e trabalhoso dos velhos tempos. Novinho, roía os tapetes da casa e levava meus sapatos de um lado para o outro. Custou para aprender a fazer suas necessidades somente fora de casa. Às vezes andava solto pela rua e logo se tornou conhecido dos vizinhos. Era inteligente demais para me obedecer. Lia e Leo são caseiros e se apossaram de um braço do sofá.

Encontro um jarro de rosas vermelhas e brancas acompanhado de um cartão de Carlos e sua mulher, Carmem. A letra é dele, com os parabéns por meu aniversário. Simpático!

Berenice dorme. Quisera não ter mais empregada... Só que Berenice é muito mais do que uma empregada. É minha companheira de desgraças. Dizer que é minha amiga soa falso, parece demagogia, populismo barato. E, de fato, não tenho com ela uma relação de igual para igual, como deve ser entre amigos. É sensata e esperta, somente converso com ela sobre as banalidades mais rasteiras. Deixo que cuide de mim. Preciso de sua companhia, dependo dela para minha sanidade mental. Gosto que se interesse por mim, por minhas pequenas dúvidas do cotidiano. Não há como negar, talvez a palavra para definir o que sinto por ela seja ainda "amizade", não há outra melhor, uma amizade simples, que nasceu da convivência e cresceu com o tempo. Não lhe perguntaria se acha correto isto ou aquilo. Nem que vestido devo usar. Agora, por exemplo, não quero saber o que pensa de recebermos Norberto e fazermos a festa dos inúteis. Mas ela tem carinho por mim, gosta de mim, quer me ver feliz. Também gosto dela, quero vê-la feliz.

Vera está com a luz acesa. Faz teatro, é aplicada, mas namoradeira. Às vezes fica ao telefone até tarde. Formiga não chegou. Pensando bem, ainda é uma sorte ter Berenice e esses meus dois sobrinhos, que moram comigo desde a morte de minha irmã Tereza. Outra filha, mais nova, de Tereza ficou em Taimbé aos cuidados de outra de minhas irmãs.

Formiga, devo confessar, é uma dor de cabeça, não quer saber de estudo. Desconfio que anda puxando fumo. Quer fazer vídeos, mas só vagabundeia, sai por aí com um grupo de amigos, inclusive o filho de Berenice, Pezão. Chega tarde da madrugada, sobretudo desde que comprou um carro de segunda mão com minha ajuda.

AS CINCO ESTAÇÕES DO AMOR   37

Desde que Pezão ficou desempregado, pago a ele meio salário para vir uma vez por semana cuidar do jardim. É um moreno bonito, que, como Formiga, já me deu muito trabalho. Um dia chegaram ao cúmulo de levá-lo no camburão para a Papuda, acusado de roubo de carro. Ficou jogado numa cela sujíssima, imprensado feito sardinha enlatada, esperando que eu intercedesse. Naquele dia tive de recorrer ao amigo com quem acabo de jantar, Chicão, pois morro de medo de polícia, e não é só por causa da velha paranoia da época da ditadura, é também porque sei que a polícia está mesmo mancomunada com o crime, com os traficantes de droga. Acho que Pezão fuma crack, e a própria Berenice se preocupa que ande em más companhias, que incluem certamente meu sobrinho. Temo que os dois pertençam a alguma gangue.

Estou falhando no papel de educar meus sobrinhos. É um problema de geração; meus pais me incutiram as noções de moral, honra, dignidade e sobretudo de dever. Tínhamos de agir com princípios, modos, bondade e compaixão. Achávamos que o esforço e o sofrimento nos faziam pessoas melhores e mais completas. Cresci com educação religiosa, com preceitos em que depois deixei de acreditar. É verdade que me rebelei. Nunca, porém, abandonei valores como os da honestidade, da sinceridade, da caridade e da retidão de caráter. Sempre soube distinguir o bem do mal.

Às vezes invoco o espírito de papai, mas, não tendo a mesma religiosidade, sendo cética e pessimista, o que posso ensinar a meus sobrinhos? Não consigo sequer ser ouvida se minha mensagem não é de liberdade e prazer.

Fico grilada quando Vera ou Formiga saem à noite. Me vêm imagens de crimes violentos, eles morrendo antes de mim. Penso nos crimes que marcaram a história desta cidade, desde o sequestro e a morte brutal, nunca esclarecidos, da menina Ana Lídia, já há muitos anos, até mais recentemente o incêndio de um indígena por garotos que queriam apenas se divertir. Não conheço os amigos de Formiga, a não ser Pezão. Mas sei que são parte de uma juventude sem rumo e alienada dos problemas que a cercam. Viram a noite, não sei por onde andam. Ele nega que tome drogas pesadas... Às vezes chega bêbado, diz que foram só umas cervejas... Já é o suficiente para se arriscar a sofrer um acidente.

Também me preocupo com Vera. Ouço histórias de meninas de sua idade que se tornam mães sem medir as consequências. Então tento introduzir o assunto dos cuidados que deve tomar. Ela me desarma: "Acredite ou não, tia Ana, sou virgem. E vou me casar virgem. Por opção minha. Porque sem romantismo não tem graça."

— Passear, Rodolfo? — chamo. Deitado a meus pés, levanta a cabeça e balança o rabo. Abro a porta para ele sair até o jardim. Não me aventuro a mais, seria arriscado pôr os pés lá fora.

Estes barulhos não são de minha imaginação. Ponho Rodolfo para dentro. Alguém está rondando a casa, não tenho dúvida. Pego o revólver na bolsa. Penso em acordar Berenice. Vejo pela janela o meu vizinho Carlos, sempre em casa de plantão. Está na sacada, emoldurado pelo azul e branco do falso colonial destas casas de Brasília, o jornal aberto sobre as pernas, uma luz

AS CINCO ESTAÇÕES DO AMOR 39

iluminando a fachada da casa e o rosto simpático dele. Sua presença me tranquiliza. Passa-me pela cabeça: ficaríamos de madrugada, dois aposentados, vigiando as redondezas, com Carmem, a mulher dele, nos vigiando. Ela parece mamãe. Nostálgica de um tempo que nunca existiu róseo como imagina, se lamenta de tudo que é moderno, gostaria que se andasse de carroça e não houvesse televisão nem computadores. Rodolfo abre a boca num enorme bocejo, confirmando que não tenho razão para receio.

Vou até o quarto de Vera. Deitada, ouve rádio e folheia uma revista. Nas paredes, uma mistura de ícones: Che Guevara, Marilyn Monroe por Andy Warhol, James Dean, Madonna, Frida Kahlo, os Beatles, Caetano Veloso e outros mais jovens que não conheço...

— Que é isso, tia? — grita espavorida, ao ver o revólver.

— Você não está ouvindo o barulho?

Não está ouvindo nada; me acompanha até a sala, ainda sobressaltada; me arrependo de tê-la incomodado. E aí tampouco ouço qualquer barulho. Olho pelas brechas da janela: Carlos não está mais no terraço.

Berenice acorda e fico conversando com ela e Vera, até que Formiga chega e me manda dormir, não há ladrão nenhum, piração minha, ouço demais, Rodolfo parece tranquilo.

— Ora, Rodolfo não é prova pra nada. Ficava deitado mesmo que eu pisasse no pescoço dele. Não viu que nem se moveu quando você chegou?

JOÃO ALMINO

— Se fosse um estranho, ele avisava — Formiga replica.

Rodolfo reage com um bocejo atrás do outro.

É mesmo um desvario meu, provocado pelo desejo de que aconteça alguma coisa extraordinária e de que essa coisa, que não sei o que é, mexa profundamente comigo. Mas o que de extraordinário? Algo que rompa a casa de vidro que criei e onde nada acontece? Onde só entram as poucas figuras, todas fictícias, que sobreviveram de minhas outras vidas? Quero ir ao âmago da questão, ao fundo do poço, sem enxergar a questão nem o poço. Quero o momento da verdade. Mas que verdade?

Assim começa minha inculcação. Tenho pressa dessa coisa que desconheço, desde que não seja minha volta para Minas. Se não for um assalto, que seja então uma declaração de amor, de alguém com quem passearei à beira do lago, eu lhe contando de meu medo e dos barulhos na madrugada... Alguém que me faça esquecer uma lembrança indesejada, sempre presente: meu erro de me ter casado e, pior, me separado de Eduardo.

Espero, em suma, que uma nova paixão — cega, surpreendente e radical como toda paixão — me arrebate. Ao desligar a luz da sala, vejo na penumbra meu rosto envelhecido que Norberto pintou. Olho as feições de velha em que quis mirar-me para me antecipar ao tempo calvo e barbudo, que voa com suas asas ligeiras; driblar suas desgraças; evitar suas armadilhas e, assim, manter a juventude.

Esta, minha juventude, está perdida. A Brasília do meu sonho de futuro morreu. Reconheço-me nas fa-

AS CINCO ESTAÇÕES DO AMOR   41

chadas de seus prédios precocemente envelhecidos, na sua modernidade precária e decadente.

Organizo meus cremes sobre a penteadeira. Dispo-me diante do longo espelho vertical, pregado na porta do guarda-roupa. Me vejo de corpo inteiro — de lado, de costas. Com a idade, não há como evitar este pouco de barriga. Com exercício consigo controlar as celulites. Lipoaspiração não vou fazer. Olho minhas rugas. Quanto será que custa uma plástica? Aplico creme sobre o rosto e releio a carta de Norberto com toda a atenção: "Estou insegura. Será que, depois do que acabei de lhe contar, você ainda vai querer me receber? Meu caráter e minha amizade são os mesmos, isto lhe prometo."

Deito-me pensando que os barulhos podem ser verdadeiros. Se ladrões assaltarem minha casa, até me farão o favor de me retirar desta monotonia, de uma espera de não-sei-o-quê, em que tudo de bom ou ruim mantém-se no terreno das potencialidades. Pelo menos alguma coisa, por pequena que seja, acontecerá; alguma coisa que não seja só esperar uma revelação ou voltar no tempo, como voltar para Taimbé. Voltar, não, jamais.

Na minha insônia rendilhada de ruídos e medo, noto no teto uma teia de aranha se formando, que misturo com a imagem das nuvens que, de tarde, subiam me interrogando no meio do céu e da minha vida. Mesmo que nada aconteça, vou fazer minha revolução interior. Quero me virar pelo avesso, verdade de mim. Vou abandonar comportamentos, tradições e maneiras de pensar, como roupas velhas de que devo me desfazer. Esta é uma ideia grandiosa, pois toda a história humana está dentro de mim; é um drama que atravessa meu espírito.

Durmo mal. Sinto uma enxaqueca forte. Quando, de madrugada, me vem a menstruação esporádica, molho a cama de sangue. Amanheço com a cabeça pesada e as pernas molengas. Depois me vem uma dor aguda na barriga. Penso ser úlcera ou, pior, câncer. A febre me faz tremer. É o começo do fim. Sobre a parede da sala, o quadro que Norberto pintou me lembra a fatalidade que ainda quero adiar. Contrariando minha expectativa, talvez eu já seja esta face ou uma mais decrépita.

Passei por um processo progressivo de autorreclusão. Cercada de papéis me fechei no meu mundo. Imaginariamente faço amizade com autores, converso com eles, para não ter de lidar com meus ex-colegas de universidade. Não me ouvem, não me tocam, não me elogiam, não riem com o que digo, e não encontraria menos chatos nas redes sociais. Também penso em escrever para quem ainda não nasceu, os curiosos do futuro. Dialogo com eles, que não têm os preconceitos de hoje e me entenderão um dia.

Não me dá vontade de sair do quarto. Nem levanto a cortina. A luz me incomoda. O perfume das rosas de Carlos sobre minha mesinha de cabeceira é enjoativo. O termômetro acusa febre mais alta.

— O estado da senhora não é grave, mas se quiser ligo pro médico — Berenice se oferece.

Nessas horas cuida bem de mim. Quantas vezes não me traz o café na cama, Rodolfo acompanhando-a de um lado para o outro. Sempre que alguém anda pela casa de bandeja na mão, Rodolfo segue, esperando a recompensa de uma migalha, não importa que na bandeja estejam apenas um suco, mamão e café, como agora.

Lia me faz companhia na cama.

— De Brasília não saio, por mais que minha irmã Regina fique insistindo na minha volta pra Taimbé — digo.

— Pois eu sinto saudade do Ceará.

— Você tentou voltar e não se adaptou.

— Ah, pra Ipiranga não volto mesmo. Ninguém me quer lá, não. Mas em Fortaleza eu morava.

"Ninguém pode ser feliz se não tem amigo", ela uma vez me disse.

Berenice é mais próxima de mim do que Maria Antônia, do que Joana obviamente, do que Regina, minha irmã. Ou ainda meus sobrinhos. Ou mamãe, com quem sempre tive brigas infernais. E Chicão é homem — mesmo que diga não ser tão homem. Com ele não dá para conversar sobre certas coisas.

Olhando pelo janelão da sala, enquanto fumo meus cigarros, penso no tempo em que me estirava na beira da piscina em dias de sol, e em como me transformei...

— Voltar, não volto pra Minas — repito em voz alta.

O tempo está bom. Trago para a varanda as rosas que Carmem e Carlos me deram. Aqui fico tomando ar fresco, com Rodolfo a meus pés, e desfrutando a companhia de meus sobrinhos Vera e Formiga. Leo aproveita para sair ao gramado.

— Tia, por que você não passa uma temporada com tia Regina? — Formiga sugere. — Vera e eu, a gente se vira, cuida da casa.

— É. Você fica lá por uns tempos, avalia a situação — diz Vera.

Safadeza deles. Como não veem graça nesta tia doente e mal-humorada, preferem estar sozinhos. Fico irritada. Que tenham paciência. Me deixem aqui, sem me mexer, nem querer nada, olhando para as rosas que Carmem e Carlos me deram, que não tratei como devia e começaram a murchar cedo demais, já não adianta que lhes aplique uma dose de aspirina.

Sempre com Rodolfo a meus pés, fumo sem parar, enquanto rumino sobre o que está acontecendo comigo. A ideia de minha volta para Taimbé cresceu depois da morte de papai, uma morte anunciada meses antes de consumi-lo num câncer da próstata diagnosticado tarde demais. Embora já estivesse velhinho, foi um choque para mim. Não tinha o temperamento forte de mamãe, sempre foi carinhoso e compreensivo. Até entendia minha falta de interesse pelas coisas concretas. Nunca cobrou nada de mim. Achava normais meus fracassos. Aceitou minha ousadia de sair de casa para estudar. Só por isso já lhe sou grata. Porém errou na previsão de que meu futuro seria grande demais para a pequenez de Taimbé. "Só não se esqueça da gente, nem de sua cidade", ainda ouço sua voz. "Claro que não", lhe respondi, enchendo os olhos de lágrimas.

Viver em Taimbé seria uma maneira de lhe prestar homenagem e de morrer em paz. Voltaria para lá se mamãe não estivesse envelhecendo tão mal. Quer o melhor para mim, mas me vê como uma criança. Não gosto de sua intransigência nem de suas ladainhas. Além disso, ela e Regina não me aguentariam por muito tempo.

Não me dá mesmo vontade de sair de Brasília, sequer de sair de casa. Nem preciso. Daqui vejo tudo, sinto tudo, embora seja do lado de cá de minha redoma de vidro, que criei para preservar meu espaço de discrição. Bem verdade que não faz diferença ficar trancada aqui ou em Taimbé. Tenho este pedaço de vista sobre o lago Paranoá, mas prefiro olhar a natureza pela televisão. Não preciso me mexer. Não quero ver ninguém. Tranco-me com minhas recordações. Talvez tenha enlouquecido.

— Acho que vou morrer — digo.

— Você é hipocondríaca, tia. Isto não passa de uma gripe — Vera tenta me convencer.

Voltando a meu quarto, já com a perspectiva de uma morta, me pergunto para que serve este monte de jornais.

— Berenice, não precisa mais comprar jornal!

Os jornais cumprem a função diária de inventar uma forma para o mundo, acredita-se nessa forma para gozar a sensação de saber onde se está, mas já desisti de tentar situar-me no mundo.

— Compre um bilhete de loteria, em vez do jornal.

Berenice acha engraçado. Por ser a primeira vez que jogo, tenho o pressentimento de que vou tirar a sorte grande. Sonho com isso, faço planos. Se ganhar na loteria, mudo minha vida por completo, sem precisar de outro tipo de revolução.

— Berenice, decidi que vou receber Norberto.

— A senhora precisa primeiro saber quem ele é realmente, né, dona Ana? A senhora já nem conhece mais! Um homem que virou mulher!?

— Ele diz que não mudou de caráter; continua meu amigo. E não vou abandonar um amigo só porque fez uma operação. Era também amigo de Eva.

Berenice teve grande admiração por Eva. Nunca deixou de levar flores a seu túmulo cada dia de finados.

— Se a senhora quer mesmo...

— E se eu puser o quarto pra alugar?

— A senhora não vai se acostumar com gente estranha morando aqui, dona Ana.

— O fato é que preciso de dinheiro. Mas, vai ver, ganho na loteria. Ou você arranja um namorado riquíssimo e apenado desta velha falida e me instala com você num palacete.

— Que velha que nada! A senhora está é novinha em folha e muito bonita.

Como é bom ter alguém do lado para repetir isso de vez em quando!

Para alugar o quarto ou destiná-lo a Norberto, preciso esvaziá-lo. Minha casa é um entulho. Em dois quartos e na sala, não há espaço para mais nada. Berenice cumpre minhas ordens de não jogar nada fora. E os meninos se acostumaram aos objetos, livros e papéis espalhados por todos os cômodos.

É aí que me vem a ideia de escrever o relato. Minha versão do balanço de vida prometido para o encontro. Nada forçado. Relato sem prazo nem objetivo. Se

AS CINCO ESTAÇÕES DO AMOR 47

morro, deixo o texto incompleto com Chicão ou o próprio Norberto.

Quero começar por algo extraordinário. Mas o que me aconteceu de extraordinário? Sou apenas uma aposentada que, ainda por cima, se aposentou cedo demais por causa da generosidade de uma lei e agora está mais pobre por causa da severidade de outra. Tive uma vida média. Média mesmo. Nada de emocionante, de pitoresco, engraçado, heroico. Nada de excitante. Nenhuma história de amor bem-sucedida. Nenhum desastre fantástico. Nenhuma tragédia capaz de comover. Minha separação de Eduardo, mesmo com tintas fortes, não serve de argumento sequer para a pior das novelas de TV. Minha maior desgraça é a de ser média. Vivo minha vida como uma tragédia cotidiana, permanente, sem um fato que defina esta tragédia. Até da análise já tive alta — e isso pela segunda vez. Falta a aventura; um sentido maior para minha existência, o que se poderia chamar de grandeza. Falta o mar, e não é por morar em Brasília. Esta é minha tragédia. Uma tragédia que dói, não como pontadas no peito. Como uma enxaquecazinha previsível, que disfarço como posso e até bastante bem. Não só com meus cremes de pele! Também com meu sorriso de Mona Lisa, onde Jeremias chegou a divisar a felicidade. Ou então disfarço com muitas gargalhadas, como as que Chicão me provoca. Elas desopilam meu fígado. Fazem-me esquecer a melancolia. Me sinto melhor só de visualizá-lo na sua posição habitual, a enganchar o polegar nos suspensórios e puxá-los para a frente, fazendo disparar sua gargalhada junto com o efusivo balançar da cadeira.

Aqui estou olhando para os papéis em branco sobre a escrivaninha. Eles esperam de mim uma enormidade: palavras incontidas, como pinceladas de sangue, aquelas do quadro que Norberto pintou de mim, pendurado na parede da sala. Ainda sinto a febre, calafrios. Que a emoção saia na tinta de minha caneta, límpida e pura.

Na minha imaginação arranjo as tintas e separo os pincéis. Acendo um cigarro depois do outro, o que só piora meu estado. Observo a fumaça que sobe do cinzeiro, esperando o raio de inspiração que me vai cair do céu. Logo, logo vou embora e, portanto, este texto será o último que escreverei. Fico aqui escrevendo até morrer. Que Chicão e Norberto mostrem meu relato no encontro dos inúteis!

Tomo de uma caneta como se fosse o revólver que comprei. Aponto-a para o papel, disposta a atirar. Será possível descobrir um sentido para fatos desencontrados? Lapidar a frase certa, que ampare palavras fundamentais, como o amor e a vida? Dissolvo uma grande bisnaga de tinta vermelha sobre minhas recordações com a intenção de deixar pinceladas grossas e gestuais sobre o papel em branco. Mas nada! Sobre o papel, só um branco silencioso. Só uma enorme falta de não-sei--o-quê. Rasgo o papel, furiosa.

Não sei se é por causa desse bloqueio, por ter pensado no compromisso dos inúteis, por me sentir tão doente ou ainda porque se aproxima o fim do milênio, que tomo a decisão de fazer uma limpeza nos meus papéis, como se me preparasse para cruzar a linha tênue que separa a vida da morte.

AS CINCO ESTAÇÕES DO AMOR   49

Releio cartas de Maria Antônia à época do desaparecimento de Paulinho, meu primeiro e grande amor, muito antes de Eduardo, com seus conselhos para que eu escrevesse minha versão dos acontecimentos. Talvez tivesse razão. Fosse uma responsabilidade minha. Mas o único fato biográfico meu que interessava ao grande público era meu caso com ele. E sobre isso, o que podia dizer? Que Paulinho e eu nos conhecíamos desde crianças? Que o via então como meu futuro marido? Que ele era um pedaço de mim que me faltava? Que o amava por não o possuir? Que não sabia de nada, absolutamente nada, sobre seu desaparecimento? Que acreditava na versão de que tinha sido morto por criminosos comuns que o confundiram com um empresário milionário? Cresci com a impressão de que nossa afinidade era tanta, que Paulinho era eu, em preto e homem; éramos uma só alma em dois corpos.

Será possível revelar aos outros, como verdade, aquilo que os nossos sentimentos mais íntimos veem? A mesma imagem, assim como a mesma pessoa, pode ser triste ou alegre, boa ou má, dependendo do nosso ponto de vista. O coração tem memória. Às vezes ela se chama saudade, outras ressentimento. Minha paixão por Paulinho distorce tanto a imagem que tenho dele quanto meu rancor de Eduardo. Meu deslumbramento por um enxerga tão pouco quanto minha mágoa do outro. É por isso que, numa história em que se mesclam os dois, não tenho a isenção para descobrir o ângulo sóbrio pelo qual os outros percebam a verdade do meu coração.

Penso no que poderia passar comigo se um dia Paulinho reaparecesse como nas histórias de retornados da guerra tidos como mortos. Estou à sua espera, talvez porque sinta, à antiga, que o grande amor nunca morre e só é vivido uma vez. Vejo o exemplo de Berenice, que nunca esqueceu seu antigo namorado Zé Maria e, mesmo depois que ele se casou, guarda a esperança de que um dia se dê conta de seu erro e retorne. Mas dos dois, Paulinho e Eduardo, quem está presente para mim em carne e osso é infelizmente apenas Eduardo, que me manda notícias e pergunta por mim a amigos comuns. Por mais que queira apagar sua lembrança, ela me perturba e, de forma mais grave, quando remexo em meu diário.

Aí tenho um estalo, uma visão: meu relato deve ser uma atividade inocente e essencial, como se eu estivesse construindo, com tijolos velhos, uma casa espiritual nova, uma só, que abrigasse todo o meu passado. Não será um diário, mas um livro do meu presente em movimento, em que as fronteiras entre passado e futuro estão apagadas. Um presente em movimento até o fim dos meus dias. É então que desenvolvo a teoria do instantaneísmo, cuja premissa é simples: a realidade, feita de matéria e espírito, é o instante presente. A verdade só existe completamente no instante.

Ao contrário de Funes, o Memorioso, o personagem de Borges que não esquecia nada e se lembrava de tudo, vou atravessar o meu rio Lete para esquecer tudo; para ter a liberdade de pensar e escrever espontaneamente guiada só pelo desejo. Deixarei de lado o futuro, para não construir ilusões nem prever desastres, o que, em

AS CINCO ESTAÇÕES DO AMOR 51

vez de evitá-los, talvez os acelere. Quero captar o instante, começar do zero. Sem a carga do passado. Sem história nem rumo. Apagar-me. Imobilizar-me. Condensar minha vida no instante, viver exclusivamente nele, dele, feito meu cachorro Rodolfo, aqui a meus pés. Um instante que se prolonga, como numa figura borrada ou como quadro depois de quadro de um filme que não para de rodar. Zero, o momento em que escrevo, a um passo do abismo e do paraíso. Comigo é frequente: ver a mesma coisa como promessa de céu ou de inferno. Num piscar de olhos, o claro vira escuro. Tudo aqui depende de um triz, está por um fio, que pode ser desde a linha tênue de que eu falava até o meu humor ou um nada de realidade.

Vou me apoiar na iluminação que tenho — acho finalmente que é disso que se trata, de uma iluminação — para dar o grande salto. Às vezes é melhor ter coragem de recomeçar, de jogar fora. Até mesmo amores. Não sou de preservar o que me atormenta. Por isso preciso me desfazer completa e definitivamente de Eduardo. Se consigo recomeçar do zero, estou também cumprindo fielmente a promessa feita no encontro de há trinta anos. E os outros inúteis? Farão um esforço semelhante de renovação espiritual?

A fumaça do cigarro sobe do cinzeiro como uma chaminé. Rodolfo me espia com o rabo do olho, desconfiando de que tenho minhocas na cabeça. Baixa a sua própria cabeça sobre as patas, franze as sobrancelhas e deixa seu olhar triste perder-se no infinito, um infinito mais concreto que o meu e à altura do chão.

Digo que tudo isso "acontece" e não que "aconteceu", pois quero descrever essa presença instantânea que está sempre em movimento e se define por ele, deixando as infindáveis manchas borradas que mencionava. Quero mostrar esse instante por dentro. Presente instantâneo do acontecido. Afinal, o passado é só um rastro do instante num instante qualquer.

Então? Nesse instante penso que vou viver sem rumo, só viajando dentro de mim. Que o importante na vida não é atingir um objetivo, chegar a um lugar, mas curtir cada momento, pois, como o mundo não para de dar voltas, a forma da viagem é mais importante do que seu destino. Que meus medos e projetos nada têm a ver com a realidade objetiva, porque já perdi a noção de objetividade. Não me interessa saber o que é real além da percepção instantânea, a que me flagra o olhar de surpresa e dor, um franzido em minha sobrancelha, meu ombro direito contorcido, o corpo em desequilíbrio, o susto levantando minha mão esquerda, enquanto, como no quadro de Caravaggio, minha mão direita paira tensa sobre os galhos e frutos que se desarrumam sobre a mesa, o meu dedo médio apontado para baixo, e de cuja ponta se pendura o ávido lagarto que me pica. Ao lado, o vaso de água no canto direito do quadro é quieto e translúcido, gotas visíveis em sua superfície. Contém uma camélia e seu galho, irmã da que trago em meu cabelo.

Olhando as folhas de papel ainda em branco, sinto que as verdades estão depositadas em larvas de palavras, à espera de situações, as mais banais e inesperadas, que possam juntá-las umas às outras para lhes dar corpo e sentido.

Depois de muitas noites trôpegas em que meu estado de saúde só piora, descubro o ovo de Colombo. A ideia me vem quando penso no alívio de não ter tido de ler tantas notícias inquietantes desde que Berenice deixou de comprar os jornais. Minha nova ocupação vai certamente me dar prazer por meses a fio. Não é só dos jornais que não preciso. Tomo a decisão de separar a montanha de livros, cartas e outros papéis acumulados ao longo da vida, com a intenção de transformá-los, como se eu fosse uma máquina, numa mistura esfarinhada de palavras, que depois porei — toda ela — no mesmo saco. Só por ter esta ideia, me sinto leve e fagueira e posso dar seguimento ao relato.

Ligo o som, ouço o CD animado que Jeremias me deu de presente e até danço sozinha como uma louca, para comemorar um não-sei-bem-o-quê que desbloqueia minha mente e minha alma. Por sorte, apenas Rodolfo testemunha este meu estado de exaltação e até gosta de presenciar meus movimentos, acompanhando-os com latidos carinhosos. Lia e Leo nada percebem. Estão cada um num canto da sala.

Não que eu tenha tido uma ideia brilhante ou sequer inventado alguma coisa, sei disso. Desde que, há cinco mil anos, os sumerianos cunharam a sua escrita para fixar mensagens, registrar fatos e pensamentos de maneira durável... Desde que, há quase quatro mil anos, os semitas criaram o seu alfabeto, pai de quase todos os outros, a escrita pode ser apagada, transformada e perdida. Desde que, há sessenta mil anos, existe a linguagem, a língua pode comer a língua e fixar para sempre o instante.

O método será o seguinte: suprirei a ausência dos papéis que vou rasgando com novas palavras, que vou escrevendo nas folhas de papel em branco. Assim, vou deixando numa folha uma mágoa, noutra uma alegria, noutra ainda luto e tristeza. Dos livros basta extrair o que ficou retido na memória. Quero libertar o que pesa nela.

A memória é um arquivo de gavetas fechadas. Várias das chaves das gavetas são feitas de pessoas, objetos, coisas que nos cercam, das cartas, fotografias e livros. Cada carta, cada uma delas, abre uma enorme gaveta de recordações, que talvez ficasse fechada para sempre se a carta não estivesse ali, exibindo fisicamente suas frases. Ao destruir cada carta, abro uma destas gavetas, multiplicando as possibilidades de registro no meu relato de despedida.

Ficar nua e leve, me desfazer dos papéis, renascer livre da carga do passado, é tudo o que quero. Com ideias murchas é difícil me vingar de palavras adormecidas. Porém, os papéis vão gritar, chorar, ao ser rasgados, recobrando vida às ideias e aos sentimentos neles armazenados. A partir de agora, minhas palavras de ordem são: nada retido, nada guardado. É chegado o momento de descarregar o que venho acumulando. De liberar as palavras dos blocos — graníticos — feitos com as emoções que o tempo calou. Que elas saiam, feito facas afiadas, esculpindo o espírito do instante.

AS CINCO ESTAÇÕES DO AMOR   55

Quero viver como num hipertexto que nunca para de se construir, em que a escrita é um diálogo contínuo e infindável com a mente ou um contraponto da vida. Apagar todos os livros, para deixar brilhar, sozinho, o livro natural: aquele em que se acreditava em Yucatán, o que não foi escrito por ninguém, que vai passando ele próprio suas páginas, abrindo-se cada dia numa diferente, e que, por ser vivo, sangra quando tentam virar suas páginas. Minha revolução interior depende da coragem de ir compondo o texto sempre no presente, enquanto me desfaço dos papéis acumulados.

Vendo minha arrumação, Berenice reclama:

— A senhora me desculpe, dona Ana, mas a senhora está fazendo loucura de se desfazer dos papéis.

— Pode jogar no lixo, Berenice.

— A senhora está fazendo besteira, olhe o que lhe digo.

— Então deixe ali naquela pilha. Depois decido.

É melhor mesmo ir fazendo uma enorme pilha de papel. Posso, por exemplo, deixar separado num canto, por uns tempos, tudo o que diga respeito ao amor, que, apesar de me ter tratado tão mal, merece, afinal de contas, minha consideração, pois nele cabem todas as virtudes. Será a pilha do amor, que talvez me faça ver algo distinto do que a vida vem me ensinando ou simplesmente me confirme que não posso mesmo ter o impossível, ou seja, o outro à altura de meu sonho.

Vou limpar minhas prateleiras, esvaziar a casa, começando pelo quarto a ser alugado, talvez ao próprio Norberto. Os papéis que me incomodam são a tal ponto parte de minha vida, que a única maneira de me desfazer deles é transformá-los na farinha de palavras que mencionei, farinha pouca e densa, socada a ponto de virar um livro de pedra, ou seja, um livro da vida, que é simples e misteriosa como uma pedra.

Será minha versão do *Livro absoluto* que Mallarmé quis escrever no fim da vida e acabou destruindo antes de morrer, ou daquele, citado no conto "A biblioteca de Babel" de Borges, que abrange perfeitamente todos os demais. Sua feitura deverá ajudar a libertar-me dos livros de minha biblioteca e dos papéis acumulados — cartas, anotações, poemas, páginas e páginas de diários e outros escritos. Será meu *museu de tudo, caixão de lixo ou arquivo*.

Vou à luta, então. E desde o começo esta é minha odisseia de muitas ondas e correntes, em que enfrento ventos e tempestades num mar infinito, mar de muitos encontros, onde viajo sozinha. Sozinha com meus papéis e minha caneta.

Não tenho nada a perder. Só palavras. E como é bom jogar fora palavras e ainda ser capaz, como uma fábrica, de produzir outras. Guardar palavras excessivamente, protegê-las, dificulta a expansão não só do texto, mas também da minha vida.

Passando da teoria à prática, procuro a pasta da correspondência de Eduardo. A prioridade absoluta é desfazer-me dele. Devo desencavar tudo o que resta dele, para também transformar nessa nova farinha: além de cartas, folhas soltas com anotações minhas, desenhos e poemas. Destruir estes papéis me fará esquecê-lo de vez.

Assim, cessará a dor que continua latejando depois de tantos anos. E se eu lhe devolver suas cartas? Eduardo é bem mais do que uma gaveta nestes papéis. Meus dedos amarelam de tanto eu fumar enquanto folheio a enorme pasta. Vou separando os papéis, enquanto, como num romance, revejo minha vida com Eduardo. Não há teste melhor para meu projeto. Se, ao me desfazer desta pasta, conseguir registrar, em poucas palavras, o que de melhor extraí de minha experiência com ele, poderei ser bem-sucedida.

Houve uma época em que admirava Eduardo. Mas fui me dando conta de que meu amor por ele era cada vez mais insuficiente. Ou me derretia toda de paixão, ou achava que não amava. Ou ele chorava a meus pés, apaixonado, ou eu temia que não me amasse. Do amor que tivemos um pelo outro, sobrou, depois de alguns anos, apenas o duro cotidiano. Ele só pensava em sexo e trabalho, na sua politicazinha e em seus negócios, não no carinho, no amor ou em mim. Buscava o êxito; eu, a felicidade. Quando eu queria arder no fogo da paixão, me propunha a segurança. Eu tinha de pular fora para livrar-me de uma prisão onde havia me confinado voluntariamente por medo de ficar sozinha. Eis que senti menos sua falta do que a da própria solidão.

Eduardo era o responsável pelo meu estado, sobretudo pelo fim de meu amor por ele. Culpado até mesmo por eu ter voltado a amar Paulinho, o meu amigo de infância. A fatalidade nos aproximou. Nenhuma outra razão eu teria para amá-lo senão a de que ele era ele e eu sou eu. Nunca o esqueci. Sempre imaginei que seria possível um dia nos reencontrarmos, vivermos juntos. Aquela fonte originária era o Amor com letra maiúscula. O amor era aquele sentimento que vinha misturado com minha infância com Paulinho. Todo amor tinha aquele cheiro, aquela luz, aquele calor.

Quando reencontrei Paulinho, só pensava nele, era uma obsessão, que me fez até emagrecer. Temia não ser correspondida. Assumi o risco, talvez porque não fosse uma questão de querer. Estava apaixonada, e nada afastava meu desejo, nem mesmo meu medo do ridículo. Dizem que paixão que não acaba não é paixão, mas a que senti por Paulinho não era como uma febre passageira. Era como um fogo atiçado por brasas nunca extintas de um amor infantil. Apesar disso, foi paixão, sim, a reconheço pelo meu sofrimento.

No carnaval, me avisou que me esperava na casa de campo. Não confirmei que ia encontrá-lo, mas, quando soube que estava desaparecido, cheguei a elucubrar que Eduardo o tivesse assassinado e seria capaz de me matar. Acabei bobamente denunciando-o sem prova.

A pior coisa que podia acontecer com Eduardo era ser chamado de corno. E foi. Em público. Apesar disso, queria voltar comigo, eu é que não quis. Não há antídoto no dicionário para palavras que ferem para sempre, e eu estava machucada por palavras suas. Ele ainda pensa em mim, depois de tudo o que aconteceu e do que fiz; pressinto que até deixaria por mim a nova mulher, Alaíde, se soubesse que eu estava a fim.

Precisei me casar para aprender o que é ter um homem a meu lado. Em troca, aprendi que o marido e

AS CINCO ESTAÇÕES DO AMOR   59

a mulher não foram feitos para se entender. Antes eu imaginava que não havia felicidade sem amor. Depois descobri que não há amor feliz. Desfeita a ilusão juvenil de achar possível que um mude e corrija o outro, me convenci de que o amor é uma loucura breve, e o casamento uma bobagem longa. Não sei se uma nova experiência sempre aguardada me faria mudar de ideia.

Estou contente com a facilidade com que me desfaço dos papéis na pasta de Eduardo, sem sequer sentir a necessidade de transpor deles uma só palavra para o meu relato. São bons augúrios para meu projeto.

Para ser franca, não tive coragem de destruir uma passagem divertida, infiltrada naquela pasta e escrita logo após meu casamento com Eduardo. Descreve um sonho. Estou numa festa, a casa é de Joana, não sua casa real, e sim uma enorme casa com jardim que dá para o mar. Estou na varanda, como varanda de casa de fazenda das minhas Minas Gerais, onde algumas redes balançam ao vento. Aceno para as pessoas espalhadas pelo jardim, onde vejo o vermelho incandescente dos gerânios, brilhando sob o sol. Estou bonita, com um vestido de musseline preta. Reclinada sobre a bancada, fico olhando o movimento dos convidados e vêm as cenas que prefiro não contar. Basta dizer que não consigo destruir esta folha de papel já amarelada por 25 anos de abandono. Por quê? Porque, ao contrário de outros trechos do diário, cheios de lamúrias, ela me deixa alegre. Até me faz rir, trazendo de volta a recordação de um dos inúteis que poderá vir para a festa do milênio que Norberto quer que eu convoque: Cadu.

2

O amor, esta palavra

TUDO em Brasília se dá à vista de imediato. Nos céus limpos e na luz generosa, os olhos alcançam longe não somente o horizonte, também o limite entre a cidade e o campo. Traçados previsíveis, curvas esperadas. Porém, por trás desta luz escancarada e da evidência do que está delineado, persiste um mistério.

Norberto vai chegar. Escrevi-lhe que, se está realmente convencido de que deseja regressar, pode ficar comigo "por uns tempos". Deixo de propósito em aberto quantas semanas ou meses.

Ainda me sinto fraca devido a meus problemas de saúde. Cheguei a atribuir minha inspiração maquinal e romântica para destruir e produzir palavras a uma suposta condição de tísica, felizmente afastada. Depois levantou-se a hipótese de que fui contaminada por uma bactéria multirresistente. Finalmente, foi diagnosticado um vírus — comum em Brasília — para o qual o remédio é paciência.

Estou no quarto que será de Norberto, separando papéis para levar para o meu, quando ouço novamente os barulhos. Como é sábado, Berenice passa o fim de semana com Pezão no Núcleo Bandeirante. Formiga e Vera foram a uma festa. Podem ser eles de volta, só que não têm por que chegar pelos fundos. Aí alguém força a porta do quarto. Rodolfo, que não se move para nada, consegue dar um latido.

Pego instintivamente o revólver, já com os nervos em frangalhos. Olho pela brecha da janela: um adolescente armado. Penso em apertar o gatilho. A imagem de um sonho que contei me vem, a bala atingindo a cabeça do garoto e o sangue espirrando. Só de imaginar aquele sangue fico tonta, tremo toda, suo frio. Outro rapaz corre para trás de uma pilastra do alpendre com um canivete na mão. Talvez os dois estejam armados só de canivete, não dá para ver.

Como às vezes acontece, de repente Diana toma conta de mim. Aqui sou eu e não sou eu. Nunca fui corajosa assim. Nunca agi por impulso, sem pensar no que faço. É a ideia de que acontece uma revolução na minha vida que me faz sentir preparada para matar ou morrer. Quando passam três sujeitos correndo — agora são três —, disparo todos os cinco tiros do revólver. Não sei onde as balas vão parar. Ouço o grito de dor de um deles. Outro se volta para mim, vejo-o bem na minha frente:

— Você vai pagar caro, sua puta!

AS CINCO ESTAÇÕES DO AMOR 63

Como pode saber que foi uma mulher que atirou? Só se deu para ver, pela brecha, meus cabelos compridos.

Coragem é um momento de loucura; depois vem um frio na barriga. Continuo tremendo, suando, acho que vou morrer do coração. Toca a campainha. É Carlos, que ouviu os tiros. Abro a porta, ofegante e de revólver na mão. Ainda estou apavorada e aceito o convite para ir a sua casa, enquanto aguardo a chegada dos meus sobrinhos. Carmem, sua mulher, parece ainda mais atemorizada do que eu.

Com sua voz grossa e calma e os gestos suaves de seus braços musculosos, Carlos tenta me tranquilizar.

— Vamos chamar a polícia.

Meu medo aumenta ainda mais.

— Polícia, não, jamais. Pra quê?

O telefone de Chicão não atende. Berenice, que localizo através de uma vizinha, me promete trazer Pezão imediatamente para consertar a porta, assim conseguirei dormir tranquila. Acaba vindo sem o filho. Carlos é quem me ajuda a bloquear a porta com os móveis. Depois enuncia mais uma de suas metáforas do futebol:

— É segurar todas, bola pra frente.

Durmo com o revólver carregado, embaixo do travesseiro.

— É melhor comunicar à polícia por causa da ameaça — Carlos tenta me convencer no dia seguinte. — Acompanho você à delegacia.

— Não adianta avisar à polícia. A própria Carmem concordou comigo. E ainda tem o inconveniente de algum policial bandido passar a saber que às vezes fico sozinha — pondero, como se fosse um argumento racional; não posso simplesmente dizer a Carlos que tenho pânico de polícia.

Fico remoendo o sonho talvez premonitório, eu me confrontando com o bandido que agora virá se vingar de mim, aquele sangue espirrando da sua cabeça... Foi castigo. Não andava pedindo ao destino que houvesse uma revolução na minha vida? O que queria mesmo era ganhar na loteria. E de nada serviu Berenice comprar tantos bilhetes.

Abalada com a tentativa de assalto, decido me mudar para Taimbé. Não já. Tenho de vender a casa e comprar um pequeno apartamento onde deixar os meninos. Antes quero também cumprir a promessa feita a Norberto de comemorarmos juntos a passagem do milênio em Brasília.

Perto do inverno, quando ele chega, carregado de malas e histórias, lhe explico meus planos. Revê-lo é uma experiência intensa. O choque visual me deixa por momentos muda. É também difícil me adaptar ao seu novo nome, nunca vou conseguir chamá-lo de Berta e muito menos de Helena.

— Mudei, mudei, mudei! — me diz ainda no aeroporto. Fala como uma matraca. Tem uma maneira alegre e divertida de se exprimir, talvez porque as palavras vêm acompanhadas de uma incessante gesticulação dos lábios, do rosto, da cabeça, dos ombros, das mãos...

— Não quero aparecer pra ninguém como Norberto, viu, Aninha? A única exceção vai ser o reencontro com os inúteis. Ainda assim, deixe eles me reconhecerem.

AS CINCO ESTAÇÕES DO AMOR   65

Fico entre penalizada e surpresa com este Norberto de voz fina. A Berta — como ele brinca, "agora sou aberta" — é um mulheraço. Seria atraente não fosse o excesso de pintura. O cabelo sobe armado. O vestido vem até o meio das pernas. Um colar de ouro dá duas voltas sobre os peitos de silicone. Apenas um dos dois furos em cada orelha está preenchido com rubis. Noto o tamanho de seus sapatos amarelos: no mínimo número 42!

Rodolfo lhe faz festa como se o reconhecesse. Depois lhe mostro o quadro que pintou há trinta anos.

— Horrível! Não se parece nada com você, porque você não envelhece, né, Aninha? Pintei você com noventa anos! Como é que aceitei fazer uma coisa dessas? E quem olha pra você hoje não dá nem trinta! Que ideia maluca, não foi? Pintar a velhice... Não sei por que você ainda guarda esta porcaria. Espero que tenha sido porque selou nossa amizade. Fico emocionada só de pensar que tenha sido por isso. Sabe, nunca mais pintei nada, só o sete.

Depois afirma, em tom tranquilizador:

— Olhe, você não se preocupe comigo, viu? Assim que arranjar emprego, alugo um espaço pra mim. Mas dou minha palavra de honra que vou ajudar você a preparar o encontro. Já tenho mil ideias, sabe? Depois conversamos. Podíamos fazer uma grande festa de réveillon num clube, o que você acha?

Prefiro não discutir este assunto logo à sua chegada. Réveillon num clube, nem morta!

— Esta é minha velha amiga Berta — o apresento assim a Berenice, me esforçando para tratá-lo no feminino.

— Já ouvi muito falar na senhora.

— Não me chame de senhora, viu? Assim você me faz sentir velha.

Berenice só ri, enquanto leva as três malas para o quarto dos fundos, que é o ideal por ter entrada independente.

— Pus grade na janela e estas duas traves na porta — mostro a Norberto, para que não tema dormir no quarto da tentativa de assalto.

Retira de uma das malas uma estatueta chinesa — barriguda e encarnada. Depois profetiza como uma vidente:

— Vai lhe dar sorte. E sobretudo lhe trazer dinheiro.

Abro um champanhe e lhe faço um brinde:

— À sua nova vida!

— À nossa amizade! — responde.

Chicão chega trazendo seu vozeirão casa adentro:

— Puxa, você está o mesmo. Igualzinho — ironiza.

— Não me fale assim, viu? Você é que não mudou nada, continua um sacana — Norberto reage, com as mãos na cintura, gesto aprendido, de quem quer parecer mulher.

Chicão cochicha nos ouvidos de Rodolfo, enquanto acaricia sua cabeça:

— Valentino, não me decepcione. Da próxima vez, aja feito um bom fila: coma o ladrão. — Ao que Rodolfo corresponde, balançando o rabo de alegria.

Ponho champanhe para Chicão.

— Ao nosso reencontro — diz, enquanto ergue a taça.

AS CINCO ESTAÇÕES DO AMOR   67

— Você deve querer saber, né, Chicão, por que, podendo ficar por lá, voltei. É que...

— É que, apesar de toda a esculhambação, esta é a melhor terra do mundo! — Chicão interrompe.

— Não, é que, pra ficar lá, só virando americana. Por questões práticas, sabe? Tenho o *green card*, que é dificílimo de conseguir. Se me casasse com uma americana, adquiria a nacionalidade. Mas, além de demorado, já é tarde demais. Só não sei se vou me adaptar no Brasil, né? Saí em 1985, quando a vida aqui estava dura. Nem foi por isso que saí. Foi mais porque queria sumir no mundo, sabe? Resolvi arriscar. Portugal, França... E aí, faz uns cinco anos, Estados Unidos. Tinha uns amigos lá, que, mesmo sem documentos, ganhavam muito mais do que eu... Bom, isso é o passado, né? O que me falta agora é um nome. Se tivesse documentos como mulher, seria feliz pro resto da vida. Por isso pensei nos de Helena, sabe? Porque agora tenho corpo novo, alma nova e até profissão nova.

Chicão soca o fumo do cachimbo, com Rodolfo sempre a seus pés (Rodolfo o adora porque ele fica lhe dando comida, não adianta eu proibir).

— Que profissão, hein, Norberta? — pergunta. Por meses a fio é assim, chama-o de Norberta, para ouvir o mesmo reparo: "Norberta, não, por favor..."

Depois Norberto esclarece:

— Por último, eu trabalhava como massagista. Aqui, não sei. Também não decidi onde vou me estabelecer. Ouvi falar que Fortaleza é superlegal. Mas, se conseguir emprego, acabo montando barraca aqui mesmo, gosto desta coisa estranha de Brasília. Fique tranquila, viu, Aninha? É como lhe disse, não quero incomodar você não.

Chicão tinha me ouvido contar que Berenice, ao chegar em casa na noite da tentativa de assalto, tinha se plantado em frente à porta orando em voz alta.

— Preciso daquela reza — pede a Berenice.

— Com essas coisas não se brinca, seu Chicão — ela responde, mas logo volta com uma folha de papel.

Norberto quer também uma cópia.

— A gente nunca sabe se não vai passar por uma situação desesperadora — pressente.

— Você sabe que desespero é um daqueles cinco dês de Brasília — Chicão lembra.

Não digo nada; penso comigo que, além de desespero, já passei por deslumbramento, desilusão e divórcio.

No dia do assalto, Berenice havia rezado a são Judas Tadeu para que protegesse nossa casa de todos os perigos. "A senhora não acredita, né, dona Ana?", me perguntou. "É bom você rezar, Berenice", respondi. "Reze sempre. Se acredito ou não, é problema meu. Você está certa de rezar. Só que agora essa reza em voz alta está me fazendo mal."

Em frente ao champanhe e ao janelão de vidro que dá sobre o lago, jogamos conversa fora. Lá para as tantas, Norberto levanta novamente o assunto de Helena:

— Me contem tudo o que sabem sobre ela. Quero entrar na vida dela. Ou melhor, ser ela.

— Pra isso, primeiro você tem de entender pra valer de luta clandestina. Já ouviu falar do Grupo Marighella? Da Aliança Nacional Libertadora? Do MR-8? Se não, negatofe — Chicão aconselha. — E se a tese do Marcelo, meu marido, está certa, e Helena um belo dia desembarca de Cuba ou da Suécia? — Faz suavemente semicírculos no ar com seu cachimbo, enquanto Rodolfo acompanha com a cabeça os movimentos de suas mãos.

— Há coisas que a gente sabe — tento por os pingos nos is. — Ela foi presa, trocada por um embaixador, e há testemunhas de que voltou pra guerrilha do Araguaia. Na certa foi assassinada.

— Já isso não se sabe — Chicão insiste, diante de um Norberto perplexo.

— O programa de nosso reencontro devia começar com uma homenagem à memória dela — sugiro.

— Pra você não cairia bem. Imagino que prefira a versão de que Helena está viva e de que é você — Chicão comenta com Norberto, que diz:

— Quero fazer a homenagem a Helena, sim senhor! Não me importo. Uma coisa é nosso grupo; outra bem diferente é o resto do mundo. Não ia mentir pra vocês, né? Só acho que a gente devia incluir também Eva e o Filósofo nessa homenagem.

Após Chicão sair, comento com Norberto meu projeto de destruição dos papéis.

— Que ideia absurda! — ele protesta.

Mostro-lhe o caos de meu quarto.

— Entende agora? A primeira providência vai ser destruir aquelas cartas e anotações. Cada papel a menos me cria uma sensação de alívio e liberdade.

— Cheguei no momento certo. Isso não vou deixar você fazer. Nem passando por cima do meu cadáver — diz, com o gesto recorrente, as mãos na cintura.

— Já não tenho espaço para 45 caixas de papelão. A maior parte dos escritos tem mais de trinta anos. Nunca vai servir pra nada. Esta caixa aqui, por exemplo, ainda vem de Taimbé.

Ele quer ver os documentos de Helena. No envelope está escrito apenas "documentos", com a própria letra dela. Norberto olha a pasta com respeito:

— Hoje em dia a gente tem de pertencer a um grupo. Helena era assim. Era uma pessoa de partido, disso e daquilo... Nunca fui.

Depois que se recolhe, decido virar a noite destruindo papéis e escrevendo páginas do meu relato, agora no computador portátil.

Nos dias seguintes, tento acelerar o processo de me desfazer dos papéis, pois quero esvaziar definitivamente o quarto de Norberto. Faço-o sob os protestos dele e de Berenice. São caixas e mais caixas. Aqui estão até mesmo os amigos, ou ex-amigos, classificados. Puxo um por um. Vão para o lixo. Menos, por enquanto, Norberto, que, aliás, ocupa pouco espaço nos meus arquivos e cujas cartas deixo separadas.

A presença de Norberto vai me fazer bem. Vou ter alguém com quem conversar. Ele é o que de extraordinário e revolucionário eu esperava. Levanta meu espírito. É alegre, bem-humorado e ri de si próprio.

Pouco tempo após a chegada dele, Lia dá cria. É tarde da noite. Vamos — ele, Berenice, Vera e eu — à área de serviço. Lá ficamos até os gatinhos nascerem. Uma ninhada de seis. Nem todos têm a mesma cor. Alguns são cinzentos, outros amarelados. Um dos amarelinhos nasce com as patas brancas. Estou feliz. É como se minha vida tivesse um novo começo, com a chegada dos gatinhos e de Norberto.

Ele e Vera me dão inicialmente a impressão de se darem bem, pois não param de conversar. Mas, antes de seguir para o quarto, ela me cochicha no corredor:

— Você me desculpe, tia, este seu amigo é ridículo.

Eu a censuro:

— A gente não pode julgar as pessoas por uma visão rasteira e atual, Vera. Temos de ter perspectiva e, antes de tudo, respeito. É como eu lia há poucos dias: uma catedral não se deve olhar de perto, pois então se veem apenas os buracos nas paredes...

— Uma catedral? — indaga, com um sorriso irônico nos lábios. — Relaxe, não vi nenhum buraco nas paredes.

Alguns dias depois, Norberto já é, para mim, naturalmente Berta. Ela e eu estamos sentadas fora, no jardim ensolarado, enquanto a manicure faz minhas unhas. O céu está pintado com tinta fresca, de um azul uniforme, sem uma mancha. Um vento gentil refresca o ar. Decidimos ficar com um dos gatinhos, que está aqui brincando. Berta escolheu o das quatro patinhas brancas. Marcelo quer um para Marquinhos, Jeremias se mostrou interessado por outro, e os demais Berenice vai levar para o Núcleo Bandeirante.

Olho o lago, procurando ver nele, como de hábito, a projeção das cores do dia. É inverno em Brasília, a estação seca. Só vejo a projeção da ausência de nuvens. Olho as feições de Berta. Francas. Transparentes. Nelas ainda decifro o candango típico, ao mesmo tempo bruto e dócil. Ela fala sem parar, nada esconde de mim, nem se intimida com a presença da manicure.

— Foi uma complicação o visto pros Estados Unidos. Comprei no Espírito Santo, quando vim de férias, a um sujeito que me jurou de pés juntos ser verdadeiro. Paguei uma fortuna, com dinheiro emprestado. Na chegada lá, quando mostrei meu passaporte à polícia, fui presa e depois deportada. Tive de voltar pelo México. Passei de noite por baixo de um túnel e peguei uma barcaça. Perdi tudo: dinheiro e até a mala. Na certa fui roubada pelos próprios caras que me levavam. Achei melhor nem reclamar. Se sumissem comigo, quem é que ia saber? Depois de seis meses, estava morando no bairro de Mission, em San Francisco. Quando houve uma anistia pros colhedores de uvas, descolei uma declaração de um vinhedo pra conseguir o *green card*. Não era lá coisa muito legal, mas funcionou.

Vira-se para a manicure:

— Que cor de esmalte você acha que devo usar, hein? Não deixa que ela responda e me diz:

— Agora compro revistas femininas, pra saber como me vestir, mas essas coisas, Aninha, requerem experiência. Preciso muito de seus conselhos de mulher. Onde você compra suas roupas? Sobretudo, onde compra lingerie? Porque não conheço mais as marcas daqui, sabe?

AS CINCO ESTAÇÕES DO AMOR

Finalmente me revela:

— Tenho um filho, que mora no Guará. É a primeira vez que vamos nos encontrar, não vi o menino nem quando nasceu. Uma situação delicada. A mãe foi minha namorada. Carolina. Gente fina, sabe? Eu é que não fui correta com ela. Mas lhe escrevi há dois meses e recebi uma resposta simpática, com fotos do Luís — se chama Luís e é jornalista. Ela só não sabe de minha operação. Achei melhor não contar logo na primeira carta, né? Só tenho medo que o garoto sinta vergonha de mim — aliás, garoto é maneira de dizer, já é um rapagão... Vai ficar estranho ele me chamar de pai, você não acha? E é complicado me chamar de mãe, se já tem uma.

A manicure arregala os olhos. Já eu não me choco com as histórias de Berta. Ao contrário, me sinto bem, como há muito não me acontecia, por poder me abrir com uma amiga sobre os assuntos mais variados. Embora não nos vejamos há tanto tempo e esta pessoa na minha frente seja fisicamente tão distinta da que conheci, continua me inspirando confiança. Berta caiu do céu, deste céu azul esmaltado. Preciso de alguém com quem desabafar, compartilhar minhas tristezas, alegrias, medos, esperanças, suspeitas, pondo para fora o que me esmaga lá dentro, e ninguém melhor do que ela, nada preconceituosa, alguém para quem mesmo o absurdo parece banal. Para a pior das situações, sempre imagina desfechos positivos. Amiga é isso, alguém com quem pintar as unhas juntas, com quem comer juntas, com quem ficar juntas no jardim... Só sou alguém se tiver alguém do meu lado, fazendo-me sentir eu mesma, interessada no que sou, não no que tenho ou faço. Preciso de alguém que confirme que existo, que penso. Tenho uma amiga, Berta; logo, existo.

— Se meu filho não me aceitar, eu entendo — ela prossegue.

Mas seu drama maior, me conta, é mesmo continuar sendo homem, homem operado, homem que virou mulher, ainda assim homem; impossível tornar-se uma mulher profissional e respeitada.

— Se pelo menos eu tivesse meus documentos como mulher... — se queixa.

Depois desfila na nossa frente, encolhendo a barriga e requebrando a cintura:

— Será que passo realmente por mulher?

E o tamanho de seu pescoço? E suas mãos? E seus dedos?

— Você é uma mulher charmosíssima — procuro tranquilizá-la.

— Não sou não, eu sei. Mas tento manter a forma, né?

Toma injeções de hormônio para ganhar curvas. Por que não fazemos ginástica juntas, todos os dias?

De fato, se não é pelo pescoço e pelas mãos, ninguém nota que Berta foi biologicamente homem. É mais feminina do que eu. Também!? Faz curso intensivo de como ser mulher. Devora tudo quanto é revista feminina.

Só não acho certo querer passar por uma pessoa já morta — ou pior, ainda viva, se valer a versão de Marcelo. Irresponsável de minha parte lhe dar os documentos de Helena. Deixo-os separados, com a intenção de enviá-los a Maria Antônia, que poderá incluí-los num

AS CINCO ESTAÇÕES DO AMOR

livro sobre guerrilheiros, mandá-los para uma exposição... Ela uma vez me disse: "Esses ossos do Araguaia ainda vão sair de seu silêncio."

Com o tempo, entre as atribuições que deixo Berta assumir está a de decidir com Berenice os menus das refeições. Berenice não gosta. "Não seja implicante", reclamo. A consequência é Berenice me pedir um aumento. Alega que há muito seu salário não muda, o que é verdade, e que agora há mais trabalho. Não posso dar o aumento, lhe explico, porque a miséria que ganho está minguando e meus gastos têm crescido. Estamos ambas descontentes.

Com Berta cria-se uma rotina. Juntas, almoçamos, fazemos ginástica no fim da tarde, jantamos e, depois que assistimos à novela, comentamos as desgraças do cotidiano. Ela sai e eu a espero, enquanto tomo notas à medida que rasgo meus papéis. Quando volta, às vezes tarde da noite, se deita na cama, a meu lado. Gosto da presença dela ali. Berta, então, me conta, sem entrar em detalhes, alguma aventura da noite que passou, em geral uma cantada de um homem que frequentemente descreve como "um gato" ou "gatão" ou "gatíssimo". Vejo-a como uma adolescente explorando o mundo dos felinos, mais adolescente do que Vera.

O fato de Berta ter sido Norberto ajuda a que me sinta bem com sua presença, mas minha amizade por ela cresce mais facilmente do que se fosse por ele. Ela me mostra o valor da amizade genuína: desinteressada, que não exige nada em troca. Comprovo o que já se disse sobre a amizade: com Berta a meu lado, minhas alegrias valem o dobro e minhas tristezas se reduzem à metade.

— Sem marido, não temos com quem reclamar da vida; sobram, então, os amigos. Vamos prometer ouvir sempre uma à outra — proponho.

— Mas como amigas de verdade, tá? A gente pode contar tudo, tudo mesmo, uma pra outra. Prometido?

— Prometido, com uma condição: sermos uma pra outra como um psicanalista, que tem de aceitar tudo o que ouve e guardar segredo profissional.

Cada uma tem sua vida própria. Não nos fazemos perguntas indiscretas. Gostamos de falar de nós mesmas e de ouvir o que a outra tem para contar. Minhas ideias se tornam mais claras numa conversa de meia hora com Berta do que em dois dias encafuada com meus livros e papéis. Um conselho ou uma opinião dela — sincera, despretensiosa — valem mais do que um tratado. Berta vê muita gente. Já eu apenas converso, por telefone, com alguns de meus ex-colegas de universidade (principalmente, e apesar de sua chatice, Jeremias, que desde o jantar de Chicão às vezes me dá notícias) e os encontro num ou noutro jantarzinho que não consigo evitar. É um alívio não perder mais tempo com disputas pelo pequeno poder e ter me libertado da competição, das invejas e intrigas provocadas pelo ambiente de trabalho.

— Fazemos um casal perfeito. Melhor do que se fôssemos casadas — confesso a Berta, em tom de brincadeira, seriamente convencida das vantagens desta convivência assexuada. Como ela só se interessa sexualmente por homens, não há perigo de mal-entendidos.

AS CINCO ESTAÇÕES DO AMOR

Com respeito mútuo, não alimentamos ciúmes nem nos fazemos cobranças.

— Você é minha irmã. Vai ser sempre minha irmã — ela me responde.

Poderíamos encabeçar uma única família, que abrangesse meus sobrinhos e o filho dela, nós duas assumindo os papéis que tradicionalmente caberiam ao pai e à mãe.

— Você tem mais sorte do que juízo — lhe digo quando me conta sobre a visita que fez à ex-namorada Carolina e ao filho Luís.

— Você não liga não, né? Usei você de isca pra ele vir logo aqui em casa. Os olhos dele chegaram a brilhar quando falei que moro com você. Quer conhecer você, acha você o máximo... E tem mais: quer entrevistá-la.

— Isto, nunca — protesto.

Não sei se Berta precisa de mim. Preciso dela. É a parceira que nunca tive. Minha relação com Eduardo sempre foi conflituosa. Nunca consegui saber com certeza se me amava, apesar do que me dizia. À medida que o evitava e me afastava dele, ele ia exteriorizando seu temperamento agressivo e dominador, e cobrava de mim sem parar. Queria um homem que me paparicasse, me admirasse e tivesse respeito por mim. Mas disputávamos o poder caseiro como se fosse o trono de Napoleão ou da rainha Vitória. Ele achava que podia mandar em mim. Às vezes era uma bobagem, íamos a um almoço e ele pedia que o servisse. Quando eu pedia o mesmo, ele se negava, me dizia que eu queria um homem servil. Tinha a impressão de ser a escrava dele, fazendo supermercado, administrando a casa e cuidando das coisas dele. Nas discussões, eu sempre saía perdendo, ele tinha argumentos para tudo, me sentia humilhada e minha voz sumia. Fui murchando aos poucos, a vida sentimental destroçada.

E Berta é carinhosa para comigo. Não competimos em nada. Só trocamos gentilezas.

Ela também me ajuda nas crises familiares. Uma noite Formiga chega com a cara partida, o nariz sangrando e vários hematomas pelo corpo. Briga de gangues. Berta e eu o levamos ao hospital e depois ela cuida de seus ferimentos. Soubemos pelo próprio Formiga que na briga tinha estado envolvido também Pezão, filho de Berenice.

Algumas noites depois deste incidente, desperto com as imagens da televisão vibrando na expressão fria de Berta. Sentada a meu lado, assiste ao noticiário.

— Pode ser o seu jardineiro — ela fala, ao ouvir que um assaltante assassinou um morador do lago que quis reagir.

— Não, assaltante ele não é. Mas essas notícias também me deixam grilada. Continuo ouvindo sons estranhos, de madrugada. Às vezes são passos, aqui mesmo do lado de casa.

— Esse menino vive de vender droga, vai por mim.

Pode ser que de fato Pezão forneça maconha a Formiga. E suspeito coisas piores, não quero nem pensar. A própria Berenice tinha me dito que temia que Pezão estivesse trabalhando para um traficante, um dia tinha levado duas facadas...

AS CINCO ESTAÇÕES DO AMOR 79

— É um rapaz inteligente, mas...

— É uma má influência sobre Formiga e Vera, disso você não tenha dúvida.

— Eu devia mesmo despedi-lo, porque ter jardineiro é um luxo que já não posso pagar. Só está aqui por causa de Berenice. No fundo, tenho pena, sabe? Porque ele bem que tentou conseguir emprego.

— Não vá me dizer que você vai manter esse marginal aqui só porque a mãe trabalha pra você. Se eu fosse você, economizava esse dinheiro. Deixe o jardim comigo, adoro jardim. Fique tranquila que vai estar mais bem-cuidado do que nunca.

— Você não está aqui pra sempre. E já faz demais, virou até minha secretária... — digo, em alusão às minhas cartas aos inúteis, que Berta fez questão de digitar.

Comunico a Pezão que não preciso mais de seus serviços. Do ponto de vista do jardim, a mudança dá certo. Berta tem a ideia de abrir uma clínica de plantas. As pessoas trazem plantas moribundas para serem cuidadas. Berta passa a entender cada vez mais de plantas, e com isso nosso jardim fica bonito como nunca, quase tão espetacular quanto o de Carlos, com quem, aliás, Berta consegue muitas mudas. Como negócio, é péssimo. Mas serve para ocupar Berta, que foi preterida em dois processos de seleção para secretária bilíngue. Falta-lhe experiência e, creio, sua aparência assusta. Liguei para Tatá, que acabou de inaugurar mais uma loja. Vai verificar se é possível contratá-la como vendedora. Não promete, por causa da crise.

Tento acalmar Berenice, aceno com o aumento de salário, só não posso voltar atrás na decisão de despedir seu filho. Choro meu choro sincero na frente dela, que, sentindo-se traída, arruma as malas e parte, não sem antes me jogar a praga de que ainda vou me arrepender profundamente de ter hospedado Berta.

— Ana, como é que você faz uma coisa dessas? — me cobra Chicão.

— O garoto podia ser mesmo uma má influência sobre o Formiga, que já tem lá os seus problemas.

— Ou vice-versa, não é? Só se deixa influenciar quem quer. Os dois são adultos.

— Você diz isso porque não está no meu lugar.

— O problema é como você tomou essa decisão. Você podia ter conversado com Berenice. Vocês se davam tão bem...

Marcelo me passa telefones de agências. Entrevisto várias candidatas. Não consigo uma empregada que seja boa, de confiança, e não cobre mais do que posso pagar.

Berta passa a me ajudar mais em casa. Prepara os cheques para mim, faz os pagamentos, vai ao mercado, me ajuda na cozinha, cuida do jardim... Também dos banheiros. "Já fiz muito isso na Europa", me diz. Vera e Formiga se encarregam da louça e da limpeza da casa. Finalmente, consigo que a passadeira de Marcelo venha uma vez por semana e que a empregada que arranjou me prepare congelados.

Como se a vida não estivesse difícil o suficiente, uma noite me ligam da delegacia para dizer que Formiga está preso por suspeita de tráfico de maconha. Após conversar com um delegado compreensivo, consigo que o liberem. Na verdade, o flagraram apenas consumindo a droga na companhia de outros — estes, sim, traziam quantidades que poderiam caracterizar o tráfico. Tenho uma conversa séria com Formiga. Só faz que me ouve. Com o passar dos dias, noto que não abandona as más companhias nem se convence de que mesmo um consumo pequeno de drogas pode lhe causar sérios danos, entre eles paranoia e perda de memória.

Vera me estimula a combater com exercício físico meu desânimo crescente. Leio a revista de saúde que vez por outra compra para mim. Faço diariamente caminhadas nos arredores em companhia de Berta e Rodolfo.

Além disso, Berta e eu passamos a correr com Vera nos finais de tarde, três vezes por semana. São momentos descontraídos, em que Berta às vezes nos pede aulas sobre traquejos femininos, especialmente de como movimentar o corpo ao andar. Ela vai à nossa frente. Requebra mais ou menos o corpo à medida que caminha com as mãos na cintura, e temos que decidir qual a medida certa de seu requebrado, que não pode ser demais, digo; e para ser mulher, critico, não precisa ficar com as mãos plantadas na cintura. Ela acha que Vera se requebra melhor do que eu e tenta imitá-la. Nos divertimos muito com essas lições.

Para Vera, o corpo é tudo. Interpreto que minha sobrinha divide comigo o mesmo apreço pelo materialismo, embora o dela seja mais concreto que o dos processos da história que me interessaram. Pelo menos Vera não embarcou na onda mística de uma amiga que, segundo ela, frequenta um guru da moda, um indiano de passagem que montou acampamento na Chapada dos Veadeiros.

Já disse, o negócio dela é namoro. Desde que o filho de Berta com Carolina, Luís, apareceu aqui em casa pela primeira vez, alimento a ideia de que Berta e eu venhamos a estabelecer laços de família. Luís substituiu o interesse por me entrevistar pelas conversas com Vera. Embora ela não admita, me parece óbvio que a atração é recíproca. Este rapaz crescido numa família de mãe solteira e filho de um pai que virou mulher tem surpreendentemente a cabeça no lugar. Gosto do garoto. Apesar da pouca idade, já é um jornalista competente. Culto e educado, é um belo homem pardo que herdou os olhos do pai.

— Você não devia sair a estas horas, tia — Vera me aconselha uma noite, quando faço menção de passear com Berta e Rodolfo.

— Quero só fazer um pouco de exercício, como você mesma me sugeriu.

Seu conselho me faz pressentir algum risco. Estou tensa não só por causa da menstruação; também porque ainda não consigo esquecer a tentativa de assalto a minha casa e não paro de ouvir histórias e mais histórias de violência. Resolvo levar o relógio no braço, uma correntinha de ouro no pescoço e cem reais no bolso especialmente para dar, se for preciso, ao assaltante, além — pela primeira vez naqueles nossos passeios — do revólver, que guardo no bolso da calça.

AS CINCO ESTAÇÕES DO AMOR 83

Leo sai ao jardim. Prendo a coleira em Rodolfo e seguimos, Berta e eu.

— Espero que você não tenha se arrependido de pôr Pezão pra fora.

— Não queria que Berenice tivesse partido.

— Porra, nem me fale. Também não. Até conversava muito com ela. Me fez mil confidências. Sabia que teve um caso com Cadu, quando era empregada de Eva?

Uma meia-lua banha, com um brilho pálido de raios violeta, as silhuetas das casas, as árvores e os gramados vastos e secos.

— Me sinto muito sozinha. A vida é assim mesmo, antes só que mal acompanhada. Tenho sorte de ter uma amiga como você. Na minha casa nunca iam me receber — se queixa.

— Garanto que vão morrer de alegria quando souberem que você está de volta.

— Não, não adianta nem tentar. Em relação a duas coisas já entreguei os pontos: nunca vou ser aceita em casa e perdi a esperança de me casar. Não me satisfazem mais as pequenas aventuras. Bom mesmo era encontrar um homem que me entendesse e quisesse viver comigo. Isso não vai pintar.

— Você ainda está muito jovem, tem todo um futuro pela frente.

— Meu problema é que nunca consegui me entregar cegamente, pra toda a vida. Já cheguei a dizer a um desconhecido que ia amá-lo pra sempre, porque ele ia estar longe e a gente nunca mais ia se ver. Um amor como se ama um retrato, entende? Uma coisa que não muda, que tem aquela beleza que a gente já conhece e espera. Mas, em relação ao que quero que seja minha razão de viver, tenho medo de errar. Não posso correr o risco de me enganar logo no amor. Me entregar a quem tenho medo de perder? Nunca! O pior é que isso não me impediu de perder quem mais amei, que foi também quem mais odiei, quem mais me encheu de medo e quem mais quero esquecer.

Imagino uma relação doentia, talvez sadomasoquista.

Caminhamos em silêncio. Rodolfo vai solto e para em sua primeira árvore. Sempre teve suas árvores preferidas para fazer pipi. Entra pelos arbustos dos jardins dos vizinhos, enquanto ouvimos o barulho de nossos sapatos sobre a calçada de cimento.

— É bom pra cacete ser sua amiga, sabia? — A ênfase que Berta põe na frase sai através de um sorriso aberto e de um tapa afetuoso e masculino no meu ombro.

Sorvendo uma emoção doce, uma espécie de essência da amizade, lhe faço a seguinte proposta:

— Se você estiver mesmo decidida a se estabelecer aqui, desisto de voltar pra Taimbé no próximo ano. Dividimos a casa em caráter definitivo. Podemos nos fazer companhia.

Ela não me responde.

— Viver, pra mim, hoje em dia — prossigo —, é isso: me deixar levar pela maré.

— Você precisa gostar de gostar. Gostar da vida. Dar uma animada, sair, espairecer, viu?

AS CINCO ESTAÇÕES DO AMOR   85

— Não tenho mais saúde pra ir a bares, como você. Quero me concentrar no que me propus. Minha pilha de papéis ainda não diminuiu como eu gostaria.

É fim do inverno, auge da seca, mas as folhas amarelas das sibipirunas tremem sob a luz do poste. Noto também um bico-de-papagaio, com suas folhas vermelhas.

— Só consigo imaginar uma coisa mais importante pra mim do que meu relato: dinheiro pra sobreviver — falo essa meia verdade pensando que, quando Berta arranjar um emprego, talvez possa dividir as despesas da casa, tenho de ser prática.

Na curva do caminho, reflexos da outra margem — de medo e apreensão — cintilam sobre uma lâmina de água do Paranoá. De repente, vejo-me falando do que não gosto e dizendo o que nunca pensei:

— Apesar de tudo o que aconteceu, lamento que não tenha dado certo meu casamento com Eduardo.

— Como sempre, quem eu quero não me quer.

— Não é isso. Dependia só de mim. É possível negociar um convívio entre dois adultos ou mesmo conduzir esse convívio pra um amor construído aos poucos, um ajudando o outro, dando-se as mãos nos momentos difíceis, compartindo interesses e prazeres comuns. Não devia ter deixado as coisas chegarem àquele ponto.

— O problema é que pintou outro na sua vida, né?

— Uma paixão como a que tive por Paulinho não era incontrolável, irresistível — me surpreendo dizendo.

Por estes dias havia folheado distraída e aleatoriamente páginas de meu diário. Através delas, havia se aberto, como previsível, toda uma gaveta esquecida de minhas recordações. Estava ali registrada, em letras redondas e tinta violeta, uma noite de paz interior. Meu casamento com Eduardo chegava a um momento de equilíbrio, de respeito mútuo, envolvido não pelo fogo nem pela neve; pelo calor do afeto, assim acreditava e escrevia. Havia aprendido a dominar minhas paixões, a afastar meus medos, a aceitar minhas limitações. Que ingenuidade... Como o tempo havia me enganado, desmentido realidades aparentes e tragado para o fundo de seus mares minhas esperanças mais nítidas.

Devia definitivamente jogar fora os pedaços de vida já esquecidos, pensei, ao munir-me de coragem para soltar aquelas folhas de papel sobre a cesta de lixo. Depois ia rasgá-las ou, melhor ainda, atiçar-lhes fogo. Uma resolução dolorosa, como se uma parte de mim se fosse. Não era autodestruição, e sim abertura de portas, quando me sentia sufocada. Sufocada por algo dentro de mim, por um clima interior, talvez imaginário.

— Meu problema era que não me contentava com o possível — digo. — Desconfio que agora é o possível que não vem até mim. Vendo retrospectivamente, Eduardo foi, no fundo, amoroso e fiel. Eu é que não percebi a tempo de evitar toda aquela situação que degenerou em mágoas, ressentimentos e violência.

— Ilusão sua. Nenhum homem é fiel. Você deve achar que não sirvo de exemplo, mas minhas fases de promiscuidade se deveram a meu lado masculino... Porque homem não tem imaginação; precisa de experiências. E olhe: amor, ou existe, ou não existe. Se morreu, morreu. Não tem respiração boca a boca que dê jeito.

AS CINCO ESTAÇÕES DO AMOR

Entendo seu ponto de vista, não é só o amor que não dá para prolongar artificialmente; é qualquer sentimento.

— Você está certa — falo —, mas a solidão é muito pior.

Durante meu casamento com Eduardo, duvidava se a palavra amor correspondia a algo mais do que uma expectativa ou uma procura; a uma miséria faminta; àquela falta sem a qual não existe desejo. Mas, após a separação, no lugar dessas sensações de insuficiência, com o tempo surgiram apenas um vazio pesado e uma esperança leve: de que um encontro casual transformasse minha vida... Será que ainda é possível reaver Eduardo?

O momento grave é marcado pelo estalido de nossos passos vagarosos sobre o calçamento.

— Vocês ainda se veem?

— Não, quase nunca.

— Deixe comigo. — Berta abre um sorriso alegre. — Se você quer, vai dar certo; o mundo é de quem sabe batalhar.

Depois aponta para cima.

— Olhe a lua. — Como se a estivesse vendo somente então. — O sol é dos homens; a terra, das mulheres, mas a lua é mista, como eu; me identifico com ela.

— Já está em Platão.

Ela reage com um olhar surpreso, de quem duvida.

De volta, nos aproximamos de casa.

— Talvez precise comprar também um revólver pra minha autodefesa — Berta comenta.

— Algum problema em concreto?

— Não, nenhum, sua boba! Lá vem você com sua paranoia — abre um riso tranquilizador. — Só que é mesmo perigoso andar sozinha à noite.

— É difícil conseguir porte de arma, e você corre mais perigo do que eu. Está aqui, fique com meu revólver. — Entrego-lhe. — Apenas lhe peço que, quando não tiver de sair com ele, o deixe sempre guardado em cima do guarda-roupa do meu quarto.

É então que vemos Carlos e, pela primeira vez, penso que, se não fosse casado, bem poderia ser a pessoa que procuro. Tão simpático, tão atencioso comigo. Seus gestos musculosos e calmos me transmitem segurança. Um homem que gosta tanto de flores tem de ter bom coração. Carlos desce da varanda da casa até a calçada para nos cumprimentar.

São onze horas quando entramos em casa. Sinto um alívio por não nos ter acontecido nada. Foi só mau pressentimento. Mas continuo com esta angústia, talvez por ter remexido no que não devia, ter pensado naquela falta de amor, em Paulinho, em Eduardo.

Berta me acompanha até meu quarto e observa as caixas cheias de papel sobre o assoalho.

— Continuo aqui na minha rasgação. Nem sei mais por onde continuar, tantos são os classificadores — comento.

— Eu faria por ordem de data. Pelos mais antigos.

Não sei se ela ironiza, mas talvez faça sentido o que diz. Depois ela põe o revólver sobre o guarda-roupa:

— Hoje não vou precisar.

AS CINCO ESTAÇÕES DO AMOR   89

Extravaso meu mal-estar vingando-me dos papéis:

— Lixo, lixo, lixo! — grito, enquanto começo a atirar as caixas de papel no lixo. Meus gestos vão num crescendo, até libertar por completo minha ira. Sou livre como Diana, livre para esbravejar e para destruir estas palavras que são pedras no meu caminho.

É a liberdade que Berta me dá de ser eu mesma, de exteriorizar minhas raivas excêntricas e inexplicáveis, raiva de mim mesma.

— Minha vida é um lixo! — brado.

Eu mesma escolhi meu fracasso, nada do que está acontecendo mundo afora me interessa, meus ideais do passado não fazem mais sentido...

— Estou passando por uma fase muito difícil, Berta. Obrigada por estar aqui, a meu lado.

Perdendo o controle, começo a chorar. Há muito não chorava. Não sabia que meus olhos ainda podiam verter tantas lágrimas. A presença de Norberto, com a nova feição de Berta, me ressuscita, liberando minha tristeza. Berta passa a mão nas minhas costas e depois me abraça, sem dizer uma palavra.

— Digno de nota na minha vida, só este reencontro da gente — continuo, enquanto enxugo as lágrimas. — É como lhe falei, a solidão é pior.

Vamos à cozinha, onde Berta me prepara um chá de camomila, para acalmar meus nervos, e tenta me consolar:

— Você tem sua família, sua mamãe, sua irmã Regina...

— Mas elas não contam. Minha família são meus sobrinhos, você, seu filho e mesmo Berenice, que me abandonou.

— Ana, você é a pessoa mais inteligente que já conheci. O que você quiser fazer, se quiser mesmo, vai dar certo. Todo mundo que a conhece fica encantado. Você é bonita, é interessante... É admirada, é respeitada... Então, desencana, tá?

Levamos o chá para a sala. Ponho um jazz. Ouço Cole Porter com a impressão de que posso sobreviver e ser feliz — seja lá o que signifique esta palavra — ao lado de Berta e dos meus sobrinhos.

— Você é meu melhor antidepressivo — brinco.

Só sinto mesmo falta de Berenice, como um ente querido que tivesse morrido. E rio de pensar — será verdade? — no caso que teve com Cadu. Berenice um dia ainda volta, como o filho pródigo.

Antes de dormir, mexendo nos papéis, como de costume, cai no chão uma folhinha com uma passagem do *Banquete* e muitos rabiscos: "Hesíodo diz que o que existiu primeiro foi o Caos, depois a Terra, fundamento de todas as coisas, e o Amor..." O amor, esta palavra, a palavra conhecida de todos... Só uma palavra, palavra simples, mas quantas imagens continua me provocando, do que vivi e sobretudo do que não pude viver... Por enquanto vou salvar esta folha, deixando-a aqui na pilha do amor, encostada na parede do lado esquerdo de minha cama, uma pilha que tem crescido e será destruída por último.

3

Labirintos do amor

TUDO renasce na primavera, dizem. É minha esperança. Fim de setembro, ainda não choveu. A grama está queimada em várias partes da cidade. Só as buganvílias de meu jardim, com seus róseos, roxos e vermelhos, resistem à inclemência do clima. Também as roseiras de Carlos, fruto de seus cuidados especiais. Há uma secura de deserto no ar, céu para os vírus. Resultado: pego uma conjuntivite e a segunda virose em seis meses.

Mas tudo isso passa quando recebo o convite de Jeremias para participar de uma mesa-redonda na universidade. Embora o mundo acadêmico já não me interesse, gosto que se lembre de mim. Saber que alguém — mesmo que esse alguém seja Jeremias — julga relevante o que eu tenho a dizer é como receber uma injeção de sangue novo. Maria Antônia, também convidada, vem especialmente de São Paulo.

Estou para receber minha irmã Regina. Chegará com Juliana, a única filha de minha irmã falecida, Tereza, que havia ficado com ela em Taimbé, quando decidimos que os outros órfãos, Vera e Formiga, viriam morar comigo. De sete anos, ela vem para uma operação no Hospital Sara Kubitschek.

Decido, então, matar dois coelhos com uma cajadada, aplicando um método semelhante ao do relato: ao mesmo tempo que anoto ideias para minha palestra, vou trazendo para o meu quarto o restante dos livros ainda no de Berta, assim criando espaço ali para mais uma cama.

Como num ritual sagrado, seguro cada livro na mão e fecho os olhos, enquanto penso no que me ensinou. Às vezes sobra apenas uma vaga ideia, noutras o título ou uma frase, que copio antes de jogar, um a um, no chão, junto à parede contrária à que destinei os papéis sobre o amor, de onde depois seguirão para o lixo. As palavras tinham caído em mim como folhas de outono, belas e coloridas, mas logo varridas pelo vento. As únicas que ainda tinham algum significado eram as que haviam nascido dentro de mim e crescido como folhas sempre-verdes que não se desprendem do tronco. Passo vários dias anotando ideias de forma desordenada, enquanto tomo as providências junto ao Hospital Sara Kubitschek para a vinda de Juliana, que precisa de bons médicos para consertar um erro. Caiu do alto de uma árvore, quebrou o braço em dois lugares e foi mal engessada.

AS CINCO ESTAÇÕES DO AMOR

Passo mais tempo me aprontando do que treinando o que dizer. Tomo um banho demorado. O banheiro é a peça de que mais gosto. Construí-o especialmente amplo. Tenho de parecer alegre, naturalmente elegante. Ondulo meus cabelos enquanto os seco. Pinto discretamente as sobrancelhas. Dou um realce nos cílios. Um batonzinho claro, nenhum exagero. Experimento uma saia. Embora esteja só um pouco acima do joelho, não quero me preocupar com o cruzar das pernas diante da plateia. Vou com meu conjunto de linho cru.

Quando entro no corredor quilométrico do Minhocão, ainda não sei como vou apresentar minhas ideias descosidas. Minhas folhas de papel rabiscadas não servem de roteiro nem para o pior dos filmes. Jeremias me conta do seu gato, filho de Lia, enquanto Maria Antônia me dá um longo abraço. Está produzida: vestido creme, brincos de argolas grandes, um leve ruge sobre as bochechas e um volumoso cabelo afro. Noto na plateia Chicão e Berta.

Começa o circo. Ouço denúncias contra vários ismos: de um professor gaúcho, contra integrismos e fanatismos; de Maria Antônia, contra o cinismo, o pós-modernismo e o neoliberalismo. Defendo meu ismo: a aceleração do tempo não nos deixa outra saída senão a do instantaneísmo. Não me refiro à paisagem ideal, em que predominam a quietude e o repouso, mas ao instante em movimento, como numa pintura de Klee, ou ao movimento no instante, ao imediatamente visível e ao sentido como causa e produto instantâneos da ação.

"Não fujamos do instante", conclamo a plateia, pondo naquelas palavras toda a minha garra.

Um palestrante engravatado concorda comigo ao vomitar conceitos complexos para afirmar que acabou o espaço para a previsão, substituída pelas simulações e a vivência virtual. Acha que o instantaneísmo é só isso, o que me irrita. Ressalta as vantagens de se viver em tempo real, onde não se percebem mais o espaço nem o tempo. Pouco a pouco haveria desgraças que não teriam tempo de acontecer, porque já teriam sido meticulosamente encenadas no mundo virtual.

Quando Jeremias fala em não se gastar mais do que se tem, em eficiência, competição e crença no futuro, é acusado de neoliberal por um sujeito na plateia. O engravatado toma o partido de Jeremias, provocando a ira de outros. A plateia se anima. O direito ao trabalho é fundamental, diz um. Não, fundamental é o direito ao ócio, as pessoas devem valer por elas mesmas e não por seu trabalho, vocifera outro.

A confusão armada traz mais sangue para minha cabeça. Solto o verbo, como há muito não fazia. Deve ser já a velhice, que, me deixando num estado de graça entre a vida e a morte, me dá esta liberdade. Estou inflamada, sou Diana. Todos seguem, não meu raciocínio, mas a paixão reconhecível nos movimentos de minhas mãos, no brilho de meus olhos e no tom da minha voz:

— Tudo pode evoluir em muitas direções, mesmo nas que não prevemos, e a realidade que desconhecemos é sempre maior que todos os sonhos que sonhamos. Discordo de quem afirma que não há nada de novo sob

AS CINCO ESTAÇÕES DO AMOR   95

o sol e de quem acha que não se faz mais nada como antigamente. De quem crê que nada muda e de quem, ao contrário, pensa que o que se passa é sem precedentes.

Uso o instante como se fosse um saco, onde coloco várias imagens, conceitos e reflexões, mesmo sabendo que me escapa e foge de mim, como miragem, quando me aproximo dele:

— Nele se planeja, se sonha, se faz provimento, se medem, como nas cotações das bolsas, as altas e baixas do dever e da responsabilidade, da moral e do apego ao trabalho, bem como a capacidade de construir algo em conjunto. Ele sempre pode revolucionar a tradição — digo ainda, elevando a voz e degustando cada palavra de minha boa retórica —, nada é inevitável, a não ser a luta de uns contra os outros, do egoísmo contra a solidariedade, da liberdade contra a tirania, da sabedoria contra a estupidez, de qualquer sentido contra seus contrários. Nenhuma realidade é imutável, todas as ideias podem renascer, os homens podem aspirar a melhores formas de viver, mesmo quando piores vão surgindo, o mundo muda instantaneamente para melhor e para pior ao mesmo tempo.

E assim concluo minha apresentação:

— Só porque o egoísmo ganhou a parada contra a solidariedade, não se deve jogar fora os ideais, mas trazê-los para este saco do instante. A ética cabe no realismo.

Ouço um silêncio desabonador. Apenas Chicão faz uma pergunta:

96 JOÃO ALMINO

— Vocês não acham que estamos vivendo o esplendor do caos?

Ninguém da mesa responde. Alguém da plateia, que afirma ter lido sobre o assunto, prevê que, depois de uma fase materialista, haverá uma volta à espiritualidade.

Esta não é mesmo minha praia. Nenhum aluno me procura, ninguém me dá os parabéns. Para que não me sinta tão mal, Chicão me agarra pela cintura e me levanta, como se eu fosse uma bailarina, enquanto anuncia aos quatro ventos:

— Você é minha candidata a governadora!

Jeremias agradece a minha presença de forma quase protocolar. Outro ex-colega de universidade pensa que me consola ao dizer:

— Você foi a única que não se limitou a uma discussão técnica.

Em resumo, sinto-me humilhada.

— Não entendi nada do que você disse — Berta fala.

— Mas não há mesmo nada pra entender — lhe digo.

Tatá tinha nos convidado — a mim, Berta, Chicão e Maria Antônia — para jantar no seu restaurante da 204 Sul. Uma prévia, segundo nos havia dito, do nosso reencontro no fim do ano. Antes, Maria Antônia tinha ficado de passar por minha casa. Peço, então, a Chicão para trazê-la no final da tarde. De lá seguiremos juntos.

Nesta tarde, quando Chicão e eu entramos na cozinha, Berta está sentada à mesa com Vera (as duas se

AS CINCO ESTAÇÕES DO AMOR 97

aproximaram desde que Vera passou a assumir o namoro com Luís, um namoro que faz muito bem a Berta, pois lhe possibilita ver o filho com frequência). Então, ouço o seguinte:

Berta:

— Estamos tendo aqui uma conversa de mulheres. Eu dizia a Vera que, a usar essas calcinhas que apertam, melhor não usar nada. Só visto fio dental, né?, porque calcinha grande é confortável mas feiosa. Ou então de renda, branca ou preta, não gosto de outra cor. Ou de seda. Acho o máximo, macia... Não sei o que fazer é quando meu estoque tiver acabado.

Chicão:

— Sabia que as calcinhas vêm do século XIV? Eram usadas por cortesãs europeias como objetos de sedução.

Berta:

— Só podiam ser mesmo invenção de puta.

Vera:

— O que não gosto é de sutiãs que apertam.

Berta:

— Ah, isso infelizmente tenho de usar, sabe? Americano gosta de peito grande, mas foi um erro querer ter estes peitões artificiais. Olha — põe as mãos por baixo, fazendo-os balançar —, já estão caindo pela segunda vez. Vou lhe dar um conselho de mulher — olha para Vera —: aproveite sua juventude enquanto é tempo.

— Esta conversa, por inocente que seja, me deixa com a impressão de que Berta exerce uma má influência sobre Vera. Nem parece o rapaz delicado que conhecemos há trinta anos — comento com Chicão.

De fato, passo a vê-la como um cristal opaco, de uma falsa transparência, e lembro-me de Berenice me prevenindo de que ainda iria me arrepender por tê-la hospedado.

— De novo você com seu moralismo — ele me responde.

— Não é só por causa disso. Me irritam pequenos detalhes. Uns dias atrás, ela tinha perdido as chaves da casa. Acredita que esvaziou toda a bolsa na minha frente, sobre o sofá da entrada? Escancarar sobre o sofá sua intimidade é um escracho, você não acha? Fiquei chocada. Não pelo conteúdo da bolsa, que estava cheia das coisas de sempre: espelho, notas de compra, estojo de maquiagem, batom, carteira de dinheiro, balas de hortelã... Mais pelo gesto, sabe?

— Lembre-se de que ela ainda está aprendendo a ser mulher.

Também nesta tarde, Maria Antônia nos dá uma informação:

— Vocês já sabem, não é? O governo reconheceu a morte de Helena. Concordou em emitir seu atestado de óbito.

— Pô, não podemos deixar que isto aconteça — diz Berta. — A ossada não foi encontrada — fica repetindo.

Depois, a sós, quando nos preparamos para sair, me confessa que já lançou mão da pasta de documentos de Helena; que tinha voltado a ter os cabelos pretos justamente para se parecer com ela. E anuncia, categórica:

— Não vou deixar que me matem.

AS CINCO ESTAÇÕES DO AMOR 99

— Você não pode estar falando sério — reajo, perplexa.

— Preciso continuar sendo Helena. Já comecei minha vida nova com a identidade dela. Fiz relações. Esta é minha última chance de ser alguém...

— Mas vocês são completamente diferentes, Berta — observo, tentando dar uma aparência de normalidade a uma conversa absurda.

— Tem tanta gente que não se parece com a fotografia do documento...

— Mas e a altura?

— E tem lá altura em carteira de identidade? — pergunta, com a pose que me desagrada, as mãos estudadas, na cintura.

— Em algum documento há de ter.

— O documento também pode errar, né? E os olhos, a pele e o cabelo têm cor igual.

— Só sei de uma coisa: você não vai só virar notícia; vai também ser presa — alerto-a, lembrando-me do que Marcelo disse sobre o Código Penal.

Ela fecha a cara e, de última hora, não quer ir conosco ao jantar. Alega um compromisso inadiável.

Esta é apenas a segunda vez que vejo Cássia, a mulher de Tatá. A primeira foi há muitos anos, quando os dois me convidaram para um almoço de domingo na sua casa da Península Norte.

No começo da noite, Maria Antônia protesta porque Chicão acende o cachimbo:

— Cigarro, tudo bem; mas cachimbo, não. Vamos ficar todos impregnados deste cheiro asqueroso.

Chicão não lhe dá ouvidos e continua a jogar baforadas no ar, enquanto vai tomando suas caipirinhas, feitas, segundo diz Tatá, com uma cachaça de Salinas envelhecida por dez anos.

Noto as panelas de cobre penduradas numa das paredes, os jarros de barro sobre uma mesa, o enorme arranjo de flores secas e a réplica de um profeta do Aleijadinho, em pedra-sabão, num dos cantos.

Cássia declama o menu, frisando que os temperos são genuinamente mineiros: guisado de carne-seca; ioiô com iaiá, que ela explica ser um picadinho com angu; ora-pro-nóbis, a verdura que tempera e dá o nome a um prato à base de chã de dentro; roupa-velha, uma carne desfiada com arroz; vaca atolada, que são costelas de vaca servidas com mandioca cozida. Finalmente, pedimos todos a peixada de dourado, acompanhada de pirão de farinha de mandioca.

Cássia não é mineira, é goiana. Abriram um restaurante mineiro por acaso. Encontraram um ótimo cozinheiro mineiro e, assim, desistiram do sushi bar.

Tatá provoca Maria Antônia:

— As coisas não parecem mal como você pinta. Algumas mudanças boas estão acontecendo no varejo.

— No varejo? — ela pergunta, indignada.

— Nas pequenas coisas, aqui e ali — Tatá tenta se explicar. — Mais gente com iniciativa. Não existe fórmula milagrosa que mude a vida das pessoas da noite pro dia.

— Da noite pro dia, não. Mas faz diferença ser de esquerda, fazer uma política voltada pros pobres ou pros ricos — ela diz.

AS CINCO ESTAÇÕES DO AMOR   101

— E dá pra fazer política só voltada pra pobre? A economia depende da grande indústria e dos grandes bancos — ele continua.

Maria Antônia o repreende, com um sorriso:

— Tatá virou conservador.

E ele, sério:

— Pode ser. Muita coisa precisa mesmo ser conservada. E há muita mudança ilusória e errada.

— Acho mesmo, viu, Maria Antônia, que o mundo mudou, você é que não mudou — diz Chicão. — Os governos mudam, mas você continua lutando contra o governo, qualquer um. Sua tese é sempre a de que tudo muda pra ficar como está, e de que se há governo, sou contra. Isso é cegueira, viu?

— Olha, a gente nunca vai chegar a um acordo, basicamente porque você pratica a razão cínica, enquanto eu acho que vale a pena ir à luta — ela responde.

— O peixe está ótimo — digo, tentando desarmar a briga que se esboça.

— Hoje seria possível acabar com a fome e a miséria no mundo — Tatá reintroduz sua visão otimista.

— Tatá, me ensina como ficar rico! — pede Chicão, sem parar de beber, a barriga agora aparecendo, peluda, por baixo da camisa desabotoada.

— Você é o único aqui que vive de rendas — Tatá devolve.

— Imagine, cara! — diz Chicão. — Marcelo e eu fizemos um pacto. Só invisto na poupança, que não rende nada. Já ele, afoito, perde um montão de dinheiro em aplicações de risco.

— Pode não ser rico, mas é o único com amigos poderosos — Maria Antônia dá sua cutucada.

— Só faço *i-ni-mi-gos* poderosos, começando por você — Chicão dispara de volta, entre sério e jocoso.

— Não sou inimiga nem poderosa — ela se defende.

— Você é a única aqui que tem poder, Maria Antônia, reconheça — Chicão fala. — Ou você acha que só quem tem poder é empresário e gente do governo?

Ignorando Chicão, Maria Antônia se volta para Tatá:

— Você tem razão, seria possível acabar com a fome e a miséria. Mas não temos uma elite capaz de enfrentar a marcha do capitalismo, que vai no sentido oposto.

— O que conta na história não é a virtude das elites — diz Chicão —, mas o nível alcançado pela multidão de medíocres. Se eles se educam, têm o básico pra manter sua dignidade e ainda aprendem umas noções de civismo...

Maria Antônia corta, rasteira:

— O problema também é que esses burocratas não fazem nada...

Chicão não a deixa concluir:

— É melhor não fazer nada mesmo. Se você faz alguma coisa, está ferrado. Pra início de conversa, fazer custa caro. E hoje em dia o melhor administrador é o que não gasta.

— Não precisa se defender, Chicão. Estou me referindo aos políticos, que...

Chicão se exalta:

— Porra, aqui todas as desgraças são culpa dos políticos! O que não entendo é essa linguagem de que "o

AS CINCO ESTAÇÕES DO AMOR 103

país sempre vai mal", sempre "está em crise" e que a culpa é dos políticos. O mundo é imperfeito, Maria Antônia, e está em movimento, se convença disso de uma vez por todas! Por isso gostei da palestra aqui de minha amiga Ana, que entende disso, né, Ana? Não existe o ponto em que as coisas vão bem. Depende de pra quem, em relação a quê. Sempre há o que melhorar e o que preservar. Que cada um faça sua parte.

— Uns tentam diminuir a desordem que outros querem aumentar — completo timidamente o argumento de Chicão.

Ninguém sequer me ouve. Digo, então, a Maria Antônia:

— Esse cabelo fica ótimo pra você! — De fato, tenho a impressão de que ela está mais bonita e jovem do que nos velhos tempos.

Ela me agradece, com uma palavra e um sorriso, mas seu interesse é mesmo continuar a briga:

— Você é um conformista pequeno-burguês — se dirige a Chicão.

— Não, alto lá! — ele reage. — Só acho que os ideais a gente já conhece. Nunca vão ser atingidos. É mais útil você refletir (refletir pra valer, não achar que tudo é culpa dos políticos) sobre como as desigualdades surgem; como a injustiça é criada; como a estupidez prolifera; como se cria a desordem política; como burlar as melhores leis e o fisco...

— Então, agora você está interessado na utilidade, é? — Maria Antônia cobra.

— É que continuo dialético — Chicão diz.

— Você quer dizer etílico — ela emenda.

Aproveito para falar da minha teoria do pêndulo bêbado, que, por sinal, digo a Chicão, tem a ver com a ideia do esplendor do caos e é um adendo ao instantaneísmo. Mas ele está, de fato, bêbado.

— A escu... culham... esculhambação aqui neste país é total — diz, tropeçando numa de suas palavras preferidas. — É cada um por si e Deus contra todos.

— Não, Deus continua brasileiro — sustenta Tatá e diz que os dois estão errados, são radicais de lados contrários e, tanto um quanto outro, partidários da inação. Que Chicão fala, fala, mas não faz nada; e que para Maria Antônia a ação só vale a pena se for impossível.

— Por isso somos inúteis — Chicão conclui.

— Só palavras não bastam, nem só emoção: é preciso fazer alguma coisa — Tatá estende seu raciocínio.

— Melhor caminhar aos pouquinhos com passos de verdade do que querer dar saltos com malabarismos. *Tudo vale a pena se a alma não é pequena.*

— Você reclama de barriga cheia, Maria Antônia — diz Chicão.

— E você é filhinho de papai. Típico exemplo da classe dominante brasileira... A você falta caráter — continua Maria Antônia.

— A você o que falta é um homem — ele responde.

— Olha aqui, cara. Não vou me rebaixar a seu nível, tá? Você é um sujeito sem princípios, um fascistinha sem graça, chauvinista, sexista, insensível...

— Ora, vá se foder... — ele grita.

AS CINCO ESTAÇÕES DO AMOR

Levo Maria Antônia até seu hotel. Depois que a deixo, uma sensação que sempre se repete: meu coração palpita, de tanto medo de vir dirigindo para casa. Estou apavorada quando paro no portão da garagem. Não estou sequer com o revólver, que tem ficado com Berta. Estou entregue, rendida a quem quiser me assaltar. Que levem meu carro, minha bolsa e o que mais quiserem. Felizmente, como de outras vezes, entro em casa ilesa.

Berta chega tarde, e, quando Leo é atropelado por um carro na manhã do dia seguinte, ainda está dormindo. Assim, vou sozinha com Leo ao veterinário. Na sala de espera, cinco outras pessoas, duas com seus gatos, duas com cachorros e, do meu lado, uma mulher chora um choro muito sentido, como se tivesse perdido o próprio filho. Deve estar atravessando um drama como o meu.

O veterinário me diz que a recuperação de meu gato é não apenas dispendiosa, mas quase impossível. Finalmente tomamos a decisão de pôr Leo para dormir através de uma injeção letal. Estou arrasada. Como dói o adeus a um bichinho como esse! Não quero nem pensar na hora em que a morte chegar a Rodolfo...

A mulher permanece chorando num dos bancos da sala. Está despenteada, sem pintura. O vestido preto faz uma curva decotada pelas costas e se fecha na lateral com três botões de madeira clara, o do meio desabotoado por distração. Parece personagem de tragédia, uma personalidade forte vivendo seu grande drama.

— Tive de sacrificar meu gato — lhe conto, supondo ser mais suportável a dor compartida solidariamente. — Há momentos na vida em que temos de tomar essas decisões difíceis. Não dá pra manter um bichinho desses em respiração artificial. O meu gato já estava em coma, sabe? Sofria muito, não se recuperaria... O seu é cachorro ou...?

— É gato também — responde, ainda chorando. — Não sei o que fazer com ele.

— E o veterinário, o que acha?

— Ele nem viu, deixei o bichinho em casa — me revela, aos soluços.

— E ele tem chances de sobreviver?

— Ele já morreu — diz e começa a chorar mais alto, em desespero profundo.

Não entendo o que esta mulher faz aqui, mas não consigo sair, fico ao lado dela, tentando consolá-la. O cadáver de seu gato está na geladeira, ela só não sabe o que fazer com ele. Tinha vindo ao veterinário, seu amigo, com a ideia de se desfazer do corpo.

— Não vou conseguir jamais — diz.

— E um túmulo num cemitério de animais? — sugiro.

Passa pela minha cabeça que, se ela não quiser ter a despesa, e o problema for que mora em apartamento, podemos enterrá-lo no meu jardim, plantar sobre o túmulo flores especialmente recomendadas por Carlos. Só penso, felizmente não falo, a tempo me dou conta do risco de ser importunada a cada semana por uma estranha apaixonada por seu finado gato.

— Não quero me separar de Milu — me responde, chorando cada vez mais alto.

AS CINCO ESTAÇÕES DO AMOR 107

— A senhora não tem onde enterrá-lo? — ainda pergunto.

— Tenho, sim, mas não quero. Não posso me separar de Milu — repete, ainda soluçando.

Saio aliviada de constatar que há no mundo desgraças maiores do que a minha.

Quando chego em casa, não há mais tempo de tentar uma reconciliação entre Maria Antônia e Chicão, e nem de me despedir dela.

— Bola pra frente — me diz Berta com as mesmas palavras de Carlos.

Dias depois, encontro Marcelo e Chicão por acaso no Parkshopping. O assunto é Maria Antônia. Chicão não esquece a discussão que tiveram.

— Ela continua uma fanática. E o fanatismo cega, ouviu? Você sabia que ela agora é negra? — ele se dirige a Marcelo com um sorriso irônico nos olhos, sempre tirando grandes baforadas do cachimbo.

— É, quer dizer, a cor da pele não mudou, mas só agora ela tomou consciência da importância de ser militante — concordo em parte com ele. — Se o pai é branco e a mãe é negra, ela pode escolher, né?

— Ela é parda — diz Marcelo, querendo impor sua autoridade de advogado.

— É justamente isto que ela não quer. Prefere uma definição radical da cor. Nos velhos tempos podia não ocorrer a ela que fosse negra ou mesmo parda. Os tempos mudaram, acho que para melhor — afirmo.

Volto à rotina de sempre, agora com meu quarto intransitável, tantos os livros e papéis no chão. Uma noite, quando me deito depois de vasculhar entre os papéis e de jogar no lixo as anotações para a palestra na universidade, verifico que a teia de aranha em que, angustiada, reparei há tanto tempo não apenas permanece; cresceu, ocupa toda uma quina do teto. E a teia de aranha encaminha meu pensamento para Berenice. É a prova de que a vejo como a empregada que me faz falta, não como a amiga. Não posso negar que é isso mesmo, preciso de Berenice para limpar meu teto. A dificuldade de viver sem ela amplia-se diante da perspectiva da chegada de Regina, com minha sobrinha Juliana. Chicão vai dizer que sou interesseira, mas não há remédio. Preciso de uma empregada. De Berenice.

Peço então a Formiga que me leve à casa dela, no Núcleo Bandeirante. Berta não se opõe. Para surpresa de todos nós (incluindo Vera e Formiga), que não confiávamos no êxito da missão, Berenice aceita minhas desculpas, em meio a choro e arrependimento. Nem ligo para o fato de que não fale com Berta. Elas que se entendam.

Com a chegada de Berenice, e já liberada de várias tarefas do cotidiano que roubavam muito de meu tempo, consigo terminar de transportar para o meu quarto todos os papéis e livros que ainda se encontravam acumulados no de Berta. Agora fazem parte da pilha que, sobre a parede do lado direito de minha cama, quase atinge o teto, pronta para ser levada para o lixo.

Durante os últimos meses, tem sido uma diversão fazer esta pilha, dessacralizar palavras e aprontá-las para o lixo. É pelo menos uma fila de livros por dia que cons-

AS CINCO ESTAÇÕES DO AMOR

truo sobre a parede mais longa de meu quarto, algo de concreto que conquisto. Estarei plenamente realizada quando tiver eliminado todo o material, não só esvaziando meu quarto deste lixo, mas também liberando minha mente de tantos conceitos amarrados por palavras sedimentadas ao longo da vida. Assim como existem matéria e antimatéria, existem palavras e antipalavras. Serei, então, capaz de descobrir antipalavras, que desdigam ou engulam as palavras acumuladas. Não sou a própria essência da inutilidade?

Diante do caminho quase infinito para percorrer, é palpável o que faço a cada dia, a cada hora, desensinando-me diante de uma parede. Aqui vivo minha vida negativa, a negação das minhas palavras acumuladas — das que li, escrevi ou guardei. Ainda não consigo esvaziar a minha mente. Em compensação, crio espaço para duas camas no quarto de Berta e me preparo para receber Regina.

Minha rotina é quebrada por mais um fato trágico. A morte de Leo ainda me dói, quando Berta me traz a notícia de que Carmem, a mulher de Carlos, morreu do coração.

— Há momentos em que as desgraças se acumulam — digo a Berta.

— O corpo está sendo velado. Vai ser enterrado hoje à tarde — ela me informa.

Decidimos, então, ir à casa de Carlos.

Olho para o céu. Está triste, vestido de mortalhas escuras, prestes a chorar sobre as extensões largas da grama amarela e manchada de cinza.

JOÃO ALMINO

Ponho um vestido azul-escuro, discreto, de mangas. Só não visto preto para não dar a impressão de ser parente da defunta.

Berta me aparece pintadíssima, um vestido de alças, estampado de oncinha, que combina com os sapatos.

— Se você for vestida assim, finjo que não te conheço — ameaço.

— O que você tem a ver com o jeito como me visto, hein? Me diga. — Põe as mãos na cintura, o pé direito balançando em ritmo de ameaça e cobrança.

Enquanto discutimos, seguimos para a casa de Carlos, e me incomoda que ela exagere o requebrado dos quadris naquela roupa apertada — não absorveu nada das aulas de moderação que Vera e eu lhe demos. Atravessamos o portão e eis que de repente nos encontramos na entrada da sala, o caixão à nossa frente, e nós duas ainda discutindo.

Olho para os lados: uma dezena de desconhecidos incomodados com a presença de Berta. Perceberam seu pescoço e mãos de homem. Estranharam, para quem vai velar um corpo, o exagero da roupa e da pintura no rosto. Penso no gato morto no congelador. Imagino sua dona também aqui, compondo a paisagem rara que presencio como uma sonâmbula. Carlos, de óculos escuros, ladeado pelos dois filhos, mal cumprimenta Berta. Aperta minha mão com força, enquanto agradece meus pêsames.

O corpo de Carmem me faz lembrar que, para mim, só resta mesmo o declínio. E pensar que, pelos meus cálculos de adolescência, já estaria se não rica pelo menos

AS CINCO ESTAÇÕES DO AMOR   111

famosa, cercada de amigos e de um homem amoroso, compreensivo, generoso, dedicado... Uma terrível visão negra do mundo me cerca. Fui devorada pela vida. Sou o mais miserável dos seres. Uma negra escrava. Uma mulher paupérrima e injustiçada. Um menino de rua. Um sem-terra. Um moribundo incógnito num hospital público. Um corpo abandonado no Instituto Médico-Legal, depois dissecado numa aula de anatomia... Sofro por todos os desgraçados do mundo. Sou Carlos. Sinto sua dor bem lá dentro de mim. Vendo Carlos chorar, também choro e tenho vergonha de estar chorando como se fosse da família. Meu choro nada tem a ver com Carmem. Choro por Leo, morto tão cedo. Choro inexplicavelmente por aquela mulher desesperada com o finado gato no congelador. Choro sobretudo por mim mesma, por ter a consciência, desde a noite em que chorei no ombro de Berta, de estar triste e sozinha.

Berta volta para casa ainda aborrecida com minhas críticas. De carro, acompanho o pequeno cortejo fúnebre até o cemitério. Deixo para conversar com ela quando voltar. Por entre os túmulos iguaizinhos e as árvores enfileiradas, sigo Carlos, seus filhos e amigos. Medito sobre coisas em que se medita nessas horas. O vazio de minha vida. A inutilidade de viver. A obra que gostaria de deixar no mundo. Meu fracasso na educação dos sobrinhos. Os filhos que não tive...

O enterro é rápido e simples, sem solenidades nem necrológios. Começam a ser jogadas as primeiras pás de barro vermelho sobre o caixão de Carmem, já no fundo da cova. A gota de lágrima que desce por baixo dos óculos escuros de Carlos me emociona. Não posso conter minhas próprias lágrimas.

Cai a primeira chuva depois de meses. Não sei como explicar, meu choro continua como choro de alegria. O céu também chora de alegria. Uma energia contida — em mim, na própria atmosfera — se libera. Há tanto tempo eu esperava esta chuva... Pingos já haviam caído umas semanas antes. A chuva, chuva pra valer, nunca chegava. Estou sedenta desta chuva estrondosa que forma riachos para todos os lados. Quero sentir com a língua as gotas grossas que caem. Várias pessoas, inclusive Carlos, abrem seus guarda-chuvas. Outras refugiam-se embaixo de árvores. Prefiro sentir a chuva no meu corpo.

Já deixando o túmulo de Carmem, Carlos me vê molhada, se aproxima de mim e me oferece seu guarda-chuva. Caminhamos juntos até a saída do cemitério. Por não suportar o silêncio entre nós, Diana se apodera de mim para contar a Carlos como meu mês começou, com a morte de Leo e a de outro gato que continua provavelmente no congelador de uma mulher de feições gregas. Logo me arrependo de comparar morte de gato com morte de gente; de diminuir a significação da partida de Carmem, uma companheira de toda uma vida para Carlos. Para consertar minha gafe, cometo outra:

— Posso facilmente arranjar um gato pra fazer companhia a Lia. Aliás, já temos um gatinho de quatro patas brancas, Josafá, filho da própria Lia. Entre gatos, como você sabe, incesto não é problema. Mas outra Carmem é impossível, né? — Ridículo dizer aquilo e injusto para Leo, também insubstituível.

AS CINCO ESTAÇÕES DO AMOR 113

Carlos me ouve atentamente e, ao saber que Leo foi atropelado, me dá a impressão de juntar um pouco mais de tristeza à que já sente.

— Uma morte anunciou a outra — observo.

Foi de repente, no início da madrugada, me conta. Carmem dormia, pelo menos não sofreu, foi uma morte tranquila. Depois me agradece por eu ter vindo. Manda recomendações para minha "companheira", é a palavra que usa, se referindo a Berta.

— Deve achar que somos um casal — comento com Berta de noite, em tom de brincadeira.

— Aquele velho é maluco — ela diz, vestida com o mesmo vestido de oncinha, já esquecida de minha crítica. E muda de assunto: — Aninha, consegui uma ótima dica. Dá pra comprar certidão de nascimento falsa numa cidadezinha de Goiás. O único problema é o custo: seis mil reais.

Termino o dia desenvolvendo melhor a teoria do pêndulo bêbado, na qual já vinha pensando há meses, e que é mais ou menos assim:

Mundos, nuvens de fumaça, manchas que engordam em todas as direções, deixam ocos, buracos de incoerência. São caleidoscópios que mudam de roupa a cada passo do pensamento, as partes compondo a cada instante, ao deus--dará, as formas de sua dança. Então tudo muda todo o tempo num absoluto indeterminismo. O esplendor do caos de que Chicão falava pertence à natureza profunda da ordem do mundo.

Tenho de saber olhar, no meio destas nuvens informes de fumaça, para alguma direção, um ponto em que repousar

JOÃO ALMINO

a vista. Este ponto é o instante. Pouco importa que os portos de chegada sejam passageiros. Que não haja respostas definitivas. Que as conclusões sejam provisórias. Não paro feito estátua, quando em cada porto posso ser levada por novos ventos de realidade.

Em cada ponto do horizonte, em cada instante, há um pêndulo inebriado pelo fluxo e refluxo das marés. Vai e volta, movido por interrogações eternas. Segue sua própria viagem desconhecida, de bêbado que não repete caminho, avançando aqui, se retraindo ali, caindo mais adiante, balançando sempre de um lado para o outro.

Difícil fazer a passagem do sentido maior da viagem titubeante desse pêndulo para o sentido minúsculo e concreto de minha própria existência. Percebo que as areias de meu cotidiano se arrastam no fluxo e refluxo das marés e participam do ritual do oceano.

Talvez seja delírio meu. Olho através da nuvem informe de fumaça. Tento ver se encontro um porto de chegada. Lá no fundo encontro uma interrogação chamada Berta, que sai sempre armada de noite, por minha própria culpa. Estou arrependida de lhe ter oferecido o revólver.

É tarde. Vejo a luz acesa no quarto de Carlos. Sinto pena dele. Dá vontade de passar por lá de novo, para dizer que, se precisar, é só chamar; de retribuir a gentileza de quando, ouvindo meus tiros nos ladrões, veio em meu socorro.

Nem mesmo Diana ousaria, porque nesta noite está sem forças. Ainda assim, depois de muita hesitação, telefono a Carlos — é a primeira vez que faço isso — para

AS CINCO ESTAÇÕES DO AMOR 115

lhe dizer que conte comigo se precisar de alguma coisa. Quando ele atende, não tenho coragem de falar. Desligo. Sinto-me péssima por minha insensatez.

Nem bem passadas duas semanas da morte de Carmem, ele me traz de presente umas begônias plantadas num jarro. Sem se importar com a escuridão da noite, quer ver meu jardim, onde me dá sugestões sobre como cuidar de certas plantas e me promete trazer outras. Fala sobre espécies típicas do cerrado, algumas das mais antigas da Terra. Depois me chama atenção para o céu especialmente estrelado, mostrando o Cruzeiro do Sul e outras constelações.

Por esta época, Regina chega, trazendo Juliana para se operar. É muito engraçadinha, Juliana. Vira a casa de cabeça para baixo. Divide o quarto com Vera e quase a deixa maluca. Também atrapalha minha escrita do relato. Me interrompe seja para reclamar de dor, seja para fazer as perguntas e observações mais inusitadas. Disfarço a impaciência. Quero assumir meu papel de tia. Respondo a cada pergunta e comento cada uma de suas observações.

Inútil o trabalho de criar espaço para duas camas no quarto de Berta, que passa a dormir na sala. Ela mesma sugere este arranjo, percebendo que não é tão simples dividir o quarto com Regina. Antes de Regina chegar, tinha me pedido: "Não me entregue, viu?"

Elas nunca haviam se encontrado. Eu previa que no começo Berta se sentiria incomodada com a cabeça neurótica e conservadora de Regina, mas logo se acostumaria.

JOÃO ALMINO

— Jura que não vai contar nada sobre meu passado de homem? — Berta volta a me implorar.

— Juro.

A antipatia entre Regina e Berta põe-se a nu quando Vera informa que vai morar com Luís.

— Não vou me casar com ele. Só morar — explica.

A princípio Berta pensa, como eu, que é precipitado. Tenta interferir, mas é pior. Luís esbraveja que não deve nada a ela, ela não tem moral para lhe dar conselhos. Portanto, que não se meta na sua vida, o que a deixa arrasada como nunca.

Vera também se irrita:

— Isso é porque vocês têm uma visão errada do casamento.

— Eu tinha entendido que você não ia se casar com ele — sofismo.

— Não vou me casar *ainda* — ela frisa —, mas a nossa união vale mais do que qualquer casamento de vocês (de você e de suas amigas), porque nos amamos. Vai ser pra sempre.

— Fico contente por você. Só não seja cruel comigo, Vera. Você não sabe como foi meu *único* casamento.

— Você mal conhece esse menino... E são jovens demais! — Regina tenta ponderar.

— Pelo menos não vou fazer feito você, que ficou pra titia — reage Vera, malcriada.

A sós com Regina, irrito-me com seu fundamento racista.

— Pense no que faria Tereza, se estivesse em seu lugar. O rapaz é de outra classe — ela me diz assim, por

AS CINCO ESTAÇÕES DO AMOR   117

não ousar a desfaçatez de admitir que a incomoda que seja negro.

— Vera já é adulta, responsável pelos seus atos, e tem mais: o que vai acontecer está fora do nosso controle — tento fazê-la ver.

Berta certamente ouve nossas conversas, pois, mudando de opinião, toma a defesa do filho, apesar dos desaforos que engoliu. Chega mesmo a gritar com Regina que ele está à altura de minha sobrinha e que são livres para fazer o que quiserem.

Nem bem dois meses depois da morte de Carmem, Carlos me liga com o convite para irmos ao cinema.

— Posso levar Regina? Você vai gostar dela — sugiro, convencida de que socialmente ela funciona bem.

Ele nos convida para um chá no fim da tarde. De lá sairemos para o cinema. Passa *Tristana*, num festival de Buñuel. Tenho curiosidade de rever este filme, para confirmar uma imagem que gravei dele e que se confundiu com uma fase de minha vida, quando me sentia como uma Catherine Deneuve fria e distante, asfixiada por aquele homem me protegendo, cheio de ciúmes, me trazendo flores, presentes, me bajulando, pedindo que não o deixasse, dizendo me amar, querendo que o amasse, o desejasse.

Não amamos por dever nem decisão. O desejo vagabundeia sem sentido. Uma paixão não se pede, nem se conquista. Amamos o que vem por acaso. Assim, eu não podia fazer o amor, nem o desejo, nem muito menos a paixão renascerem. Então não seria amor, nem desejo, nem paixão, seria apenas fingimento. Não havia nada que eu pudesse fazer para que a atração que um dia senti por Eduardo voltasse. Não adiantava que ele chorasse, implorasse para que fizéssemos um esforço de reaproximação, se deprimisse. Isto só aumentava minha distância dele.

Deixamos Juliana, então engessada, com Berenice e vamos, Regina levando de presente uma das garrafas de cachaça que trouxe de Taimbé, segundo ela tão boa quanto a de Salinas. Antes de entrarmos na casa, me pergunta:

— Esse viúvo é rico, é?

— Rico não sei se é. Sinto uma enorme pena dele. É muito sozinho.

É a segunda vez que entro na casa de Carlos — apenas esbarramos pelas calçadas —, e da primeira estava tão nervosa... Reparo o cachimbo sobre a mesa, o relógio antigo sobre a parede, o mobiliário pesado e escuro, as cadeiras de forro aveludado, inadequadas ao calor de Brasília. Há também um violão, num canto de parede.

Carlos não disfarça o interesse por Regina. Ela sempre foi mais expansiva e prática do que eu. Quando adolescentes, transformava todos os meus amores platônicos em namoros dela. Um único sorriso seu atraía as atenções que minha timidez desviava. Só não digo que aquela situação volta a se repetir porque não tenho por Carlos mais do que uma afeição; nada mais que isso.

O chá anima a conversa. Como perdemos o horário da sessão de cinema, Carlos decide preparar um espaguete. São onze da noite quando voltamos para casa com a certeza de que alguma coisa vai pintar entre Regina e ele.

AS CINCO ESTAÇÕES DO AMOR 119

A progressão do namoro é alucinada. Em poucas semanas, chegam a planos de casamento. Estou contente por Regina. Ela desfará a ilusão de ter-lhe faltado algo fundamental na vida. Sempre achou que meus pais me privilegiaram. Eu tinha partido para uma vida cômoda, enquanto ela tinha ficado cuidando da casa, dos pais, sacrificando-se, tratando de Tereza no leito de morte. Eu, a tímida, tinha me casado. Ela, a expansiva, permanecido solteirona.

Para comemorar o noivado, decidimos fazer uma reunião em casa, com a presença de Marcelo, Chicão, Berta, seu filho Luís, Vera, Formiga... Também Joana, que, de passagem por Brasília, é a primeira a chegar, vem invadindo a casa, chamando-me, alegre, dizendo estar contente de me rever depois de tanto tempo. Mal posso disfarçar que não tenho o menor prazer em encontrá-la. Continua a mesma. Em pouco tempo, faz várias reclamações: dos seus empregados, da forma como foi tratada pelo motorista do táxi, do jeito de certas mulheres, do comportamento dos maridos, da vida difícil que está levando. Não me contenho:

— Você não percebe que leva uma vida confortável e das mais tranquilas.

— Como é que você sabe? — me pergunta, sem perder a pose, e emenda: — Alaíde e Eduardo mandam lembranças. Você conhece Alaíde, não é?

— Nunca nos encontramos.

— Bem que os dois gostariam de vir passar o fim do ano com vocês. E Cadu, nem se fala, está curtindo horrores a ideia do reencontro.

Falamos da cerimônia que pretendemos fazer no cemitério durante nosso encontro de fim do ano.

— Que ideia mórbida! — Joana opina.

— Só dei a ideia da homenagem. Foi Maria Antônia quem sugeriu o cemitério — esclareço.

— A gente devia mandar rezar uma missa — Berta diz.

— Desde quando você virou católica? — pergunto a Berta, surpresa com sua sugestão.

— Não acreditava em Deus, sabe? Mas um dia resolvi lhe fazer um pedido. Que Ele me mostrasse quem eu era de verdade. Não houve dúvida: me soprou que eu era gay — ela fala.

Regina arregala os olhos.

— O que é gay? — Juliana pergunta.

— Quer dizer, gay foi depois, naquele tempo eu era homossexual; melhor, uma boneca, Juliana. E desde então sou cristã — diz Berta.

— Uma boneca? — Juliana pergunta.

Carlos dá uma gargalhada, o que irrita ainda mais Regina. De costas para nós no sofá, Luís está visivelmente constrangido.

— A heterossexualidade e a homossexualidade são invencionices do fim do século passado. Os gregos não conheciam essa distinção — Chicão pontifica.

— Me pergunto se devo ser feminista ou ainda ajudar o movimento gay — Berta se dirige a ele.

— Antigamente se sabia o que era um homem e uma mulher — Chicão diz. Depois defende que a liberação gay ajuda a masculinidade dos homens: — Os

AS CINCO ESTAÇÕES DO AMOR 121

meninos têm de ficar provando que são machos por causa do preconceito contra os gays. Pergunte ao Cadu — provoca, voltando-se para Joana.

— Ele é macho pra valer — ela responde —, e não reclamo.

— O meu problema é que sou sem casa, sem dinheiro, sem lenço, sem documento. Se existir o clube desses, até entro — diz Berta. Faz uma pausa e conclui, ainda dirigindo-se a Chicão: — Sou mesmo é mulher, sabe? Até queria ter mais um filho, pra curtir a maternidade. Adotar um neném, feito vocês.

Carlos parece um peixe fora d'água. Acompanha a conversa com sorrisos e movimentos de sobrancelha; mudo, tal como Regina a seu lado. Vendo os dois, sinto como se ela o estivesse roubando de mim. A culpa é toda minha. Mesmo depois de velha continuo tímida, nem mesmo Diana consegue me ajudar. Meu consolo é que Carlos não é mesmo para mim. Não assumiria jamais uma relação com ele.

— Já deixei tudo acertado, sabia? Vou ser Mona Habib por seis mil reais — Berta me revela com voz trôpega e um copo de caipirinha na mão. — Mona Habib é um nome inventado, mas existe de verdade um casal de libaneses que vai aparecer como meus pais no documento. O risco é um dia me encontrar com eles, já pensou? Ou então eles pedirem ao cartório as certidões de nascimento de todos os filhos e descobrirem que têm uma filha a mais. O falsificador me jurou que a família toda voltou pro Líbano. Só não tenho ainda os seis mil reais, né? Olhe, Aninha, preciso de documentos de mulher e no cartório ainda não dá pra mudar. A gente muda de sexo, mas, se continua sendo homem na carteira de identidade, não adianta. Quero ser mulher no papel. *No papel!* A polícia me para e quando vê que sou homem já me trata mal. Mona... Gosto do nome. É o nome perfeito, você não acha? Mona... Tenho de me adaptar ao nome novo. Deixe me ver: Mona Habib vai andar de óculos, pintar *todos* os cabelos de louro, botar lentes de contato azuis e desenhar uma pinta no rosto. O que você acha?

Prefiro não comentar.

Depois Berta está às gargalhadas com Joana. Quando me aproximo, me suspira:

— Por ela virava homem, homem como nunca fui. Até me arrependi de ter feito a operação.

— Vamos parar com esta esculhambação — Chicão diz.

Faço na minha cabeça um filme das duas, pensando no dia em que, por sugestão de Joana, frequentamos — ela, eu e uma amiga sua — a sauna do Hotel Nacional. Nunca esqueci a cena grotesca de várias mulheres nuas, suando em bicas, discutindo, Joana falando alto. Tinha, sem dúvida, um belo corpo. Na saída, veio com uma conversa estranha, de que ela e eu tínhamos algo profundamente em comum, uma ligação incontornável. Desconversei, mas passei, a partir de então, a sentir verdadeira repugnância por ela.

Depois que os convidados se vão, fico conversando com Regina até tarde. Decido lhe explicar o que já está careca de saber. Não me sinto obrigada a cumprir minha promessa a Berta de guardar seu segredo de polichinelo, já que ela mesma foi tão indiscreta.

Regina, então, me conta que Carlos havia deduzido de um comentário de Berta que ela e eu formávamos um casal, e, como Regina se mostrou chocada com a presunção, ele emendou, como se fosse um atenuante, que era favorável ao casamento gay.

Fico possessa.

— Você vai ter de decidir entre ela e eu. Não é preconceito não, mas se ela ou ele, como você queira chamar, continuar aqui, não fico nem mais um dia.

Sei que Regina é pão-dura e não vai querer pagar hotel. Mas lhe dou razão. E não é só por causa do que ela me revela que minha paciência com Berta está se esgotando.

Ainda nesta conversa, Regina me anuncia que não sabe se ama Carlos. Dou-lhe conselhos pragmáticos que jamais usaria para mim e que contêm uma dose da amargura provocada por minha convivência com Eduardo:

— Casamento por amor, Regina, é um erro. Pode estar certa de que não dura, pois o namoro e o desejo acabam logo. Só dura amor proibido.

— Lá vem você com suas teorias.

No dia seguinte, disparo minha raiva contra Berta:

— Você está pirando, ouviu? Ficar falando aquelas coisas na frente de seu filho... Você está precisando de uma boa análise.

— Não acredito nessas coisas. Lá tenho a ver com essa história de que Freud tinha tesão pela mãe e medo de incesto?

Abro o jogo com ela:

— Me incomoda que você saia tantas vezes à noite. Nestes tempos de aids, é importante tomar cuidado.

— Se é isso que você quer insinuar, não estou me prostituindo, viu? — Me olha de cabeça erguida.

Não precisava ter me acusado com todas as letras, e nego:

— Não, jamais passou pela minha cabeça. O que temo é a promiscuidade nestes tempos de aids.

— Você tem preconceito contra gente como eu. Não acredita que só estou interessada em encontrar alguém que me ame. Acha que fico mudando de homem a torto e a direito.

— Me desculpe, mas já teve essa fama.

— Foi há muito tempo; sou outra pessoa.

Controlando meu humor, vou direto ao ponto.

— Então você foi dizer ao Carlos que somos um casal de lésbicas?

Surpresa, Berta dá uma gargalhada nervosa.

— Essa é boa! Falei, sim, uma vez, que você é minha amiga de toda a vida. E isso é verdade, você é minha amiga de toda a vida, né? Posso ter, isso sim, repetido o que você mesma me disse: que formamos um casal perfeito, melhor do que se fôssemos casadas...

— Olhe, nossa convivência está ficando difícil.

— Calma. Estava mesmo pra lhe avisar que vou-me embora. Já abusei demais de sua hospitalidade e paciência. Mas numa boa, viu? Só tenho razões pra lhe agradecer tudo o que fez por mim.

AS CINCO ESTAÇÕES DO AMOR 125

Começa a chorar, é uma desgraçada, ela, sim, é que está sozinha no mundo, sem ninguém, sua família não quer vê-la pela frente, é como se não tivesse pais nem irmãos. Sou a única verdadeira amiga que jamais encontrou.

Sei que seu sofrimento é verdadeiro. Ainda que meu lado Ana, de coração fraco, queira se compadecer, Diana não se deixa atrapalhar pelas emoções, quer expulsá-la de casa. E tem razão de manter a frieza, também porque está ficando pesado alimentar Berta com meu salário minguante. Diana e Ana ainda negociam o que dizer:

— Pode ficar aqui até conseguir um lugar pra morar.

— Não. Prefiro sair agora mesmo — ela diz, altiva.

— Não seja imprudente.

— É melhor assim. Me viro, tenho pra onde ir. Depois lhe dou notícias.

Deixo, então, Berta partir, sob a indiferença de Berenice, Vera e Formiga.

Quando conto a Chicão que desconfio que ela foi para o hotel de Joana, ele comenta:

— Joana é a própria macaca Capitu.

Não se refere à personagem de Machado de Assis que talvez traísse o marido com o melhor amigo, mas à macaca do zoológico de Brasília que aprendeu a nadar para fugir de sua ilha e se encontrar com um macaco de outra raça, na margem em frente, sob o olhar desesperado do marido, do lado de cá.

— Berta só levou uma mala pequena com parte do guarda-roupa. Não deve tardar a voltar, pelo menos pra buscar suas coisas. Só me assustou não encontrar o revólver sobre o guarda-roupa — informo a Chicão.

— Pode ser que nunca mais volte — ele joga na minha cara seu realismo cru.

— Já sinto a falta dela — digo.

— Você tem culpa no cartório, Ana — ele responde. — Está pagando o preço por seu moralismo e preconceito.

— Eu? Preconceituosa?

— Você é uma sacana! Evidente que foi culpa sua!

É novembro. Minha solidão aumenta com a volta de Regina e Juliana para Minas, e, do janelão de vidro da sala, a natureza ficou verde de repente.

4
Paixões de suicidas

T O D O S os inúteis, à exceção de Berta, me procuram antes de nosso reencontro. É pleno verão, segunda-feira, 27 de dezembro, quando Cadu me telefona, quer me ver. Por que me disse que está sozinho? Por que este entusiasmo? Esta simpatia? Ele nunca perdeu tempo em sua missão de seduzir. Não poupou nem Helena, nem obviamente Eva nem Joana. Sempre escapei de suas investidas. Penso que jamais me achou atraente.

A sensualidade de Cadu não é egoísta nem narcisista; é generosa. Ele seria capaz de sacrificar a própria vida pelo corpo de uma mulher. É um herói de um heroísmo vão. Idealista de um ideal ilusório.

Vê o mundo como liberdade e esperança. Seu ideal causa menos danos e está mais ao alcance da mão do que tantos outros igualmente ilusórios — nacionais, étnicos, religiosos, políticos — que têm mobilizado de maneira estúpida as ações dos homens... Há um certo frescor — um núcleo branco de inocência — na atitude dele. Uma juventude inesgotável... Uma alegria... Um desejo de agradar às mulheres por quem se apaixona e se apaixona de verdade. Ele é certamente capaz de amar uma mulher, enquanto procura outras para seus prazeres passageiros.

Chicão discorda de tudo o que penso sobre Cadu. E o desprezo que Tatá tem por ele esconde uma ponta de despeito. Além de causar inveja, Cadu é uma ameaça para os outros homens, temerosos de ver suas mulheres sucumbirem aos encantos dele. Parece inaceitável que um homem seja tão amado pelas mulheres, apesar de não se dedicar a nenhuma delas exclusivamente, só por causa de uma inegável beleza física, de uma simpatia a toda prova e de uma confiança cega na vida. Não, não estou convencida de que Cadu seja ridículo, como quer Chicão, embora imagine que o ridículo lhe chegará com a velhice, se não mudar de comportamento.

Minha opinião tampouco foi compartida pelas mulheres de nosso grupo. Nem Maria Antônia nem Helena ousavam defendê-lo, talvez porque isso equivaleria a revelar um segredo, o de que podiam sentir prazer numa relação descomprometida, que já sabiam de antemão não levar a nada. Apesar disso, faziam questão de contar que tinham recusado cantadas suas. Tenho para mim que Maria Antônia capitulou e ficou na moita.

Nunca ouvi dizer que ele saísse por aí se vangloriando de seus feitos, apesar da revelação que um dia fez a Maria Antônia sobre o porte de seu pênis. Confessou-lhe que, duro, media dezenove centímetros. Rimos

AS CINCO ESTAÇÕES DO AMOR 129

muito da história, Maria Antônia, Helena e eu. Não tínhamos termo de comparação, chegamos depois a ver numa régua a que exatamente correspondiam e achamos algo descomunal.

Agora ao telefone, não apenas gosto que Cadu esteja interessado por mim, mas também fantasio minha ilha dos amores. Depois que combinamos o encontro e ele desliga, me deleito em reler a página amarelada pelo tempo, que me lembra quão viva estava minha sexualidade no começo do meu casamento com Eduardo, que descreve um sonho e não tive coragem de destruir.

Eu, na varanda, aceno para as pessoas que se espalham pelo jardim, depois me reclino sobre a bancada, olhando o movimento dos convidados. Cadu vem por trás e me toca a cintura, desce pela barriga e me beija os ombros. Sinto arrepios na nuca, enquanto olho, na sacada, o vermelho incandescente dos gerânios. Ele levanta meu vestido de musseline preta. Embaixo, no jardim, as pessoas continuam conversando, e algumas olham para mim. Os dois fazemos como se não fosse nada; dobro uma perna sobre a sacada e os movimentos ocorrem como em câmera lentíssima. Perda de sentidos, estremeço. E de repente ele tenta de um jeito que não gosto e digo em voz alta: "Assim, não." Eduardo me acorda e pergunta o que é. Acordo molhada.

Eu tinha chegado a pensar que conseguiria jogar no lixo aquela página se fizesse, no meu relato, um registro dos homens de minha vida, que não foram tantos e, à exceção de Eduardo, pouco me acrescentaram. Com o primeiro não senti prazer nenhum, mas achava um

JOÃO ALMINO

barato estar num motel para perder a virgindade aos dezessete anos. Depois houve um pouco de tudo, de minha paixão por um a minhas recusas de outro. Talvez o mais ousado tenha acontecido num corredor com o namorado de uma colega de turma. Mas era só sexo.

Eu não sabia que nos meus vinte e poucos anos tinha tido uma paixão por Cadu — ou não queria saber. Ele namorava Eva, flertava com Joana e eu não podia aceitar ter com ele qualquer intimidade. Gostava que pegasse em minhas mãos, eram manias dele, e sentia meu espírito morno quando o encontrava. A fotografia nos aproximou. Sempre com aquela forma de distância sentimental que chamamos de respeito, me fazia fotos, elogiava meus lábios e me encarava com um olhar que provocava um abalo na minha alma. Gostava quando ele dava beijinhos no meu rosto. Às vezes, nos cumprimentos, nossos lábios, em biquinhos, se tocavam. Nada havia de especial nisso, era assim que ele cumprimentava quase todas as mulheres. Nossos lábios acendiam uma faísca de emoção que fazia cócegas pelo meu corpo. Um dia me convidou para almoçar, lá para as tantas nos demos as mãos e de nossas mãos uma energia doce me fez vibrar lá dentro.

Agora, me preparando para o encontro com ele, duvido das virtudes de meu corpo. Diana me diz que não importam. Enquanto ela e eu discutimos, procuro, entre minhas roupas, as mais adequadas à ocasião. Já não tenho vinte anos para ir com o vestido curto e justo que experimento. Fico mais atraente se me cobrir melhor. Tenho uma saia de couro preta... Olho-me no

AS CINCO ESTAÇÕES DO AMOR 131

espelho, de frente, de costas... Vou assim. Ponho uma blusa de seda e meus brincos e anel de ouro trançados em design decô.

— Pode ser que chegue tarde. E, se não chegar, não se preocupe — aviso a Berenice.

Depois do jantar, Cadu vem me deixar em casa. Não houve entre nós a esperada reação química. Quando está evidente que nada acontecerá, forço a barra por pura vontade de manter meu plano.

— Não quer entrar? — pergunto.

Sei que homens como ele, para não se sentirem menos homens, veem-se obrigados pelo convite de uma mulher, quase de qualquer uma. Recordo uma frase de Berta: "Toda mulher é fácil ou difícil, dependendo da situação e de pra quem. Já homem é sempre fácil."

Minha tática dá certo. As cartas estão dadas. Cadu propõe me levar para o apartamento no início da Asa Norte, onde está sozinho, o amigo que o emprestou está viajando.

— Eu achava que ia quebrar a cara, porque você nunca me deu a menor bola — ele me diz, ao chegarmos.

— Era ainda mais tímida, se é que isso é possível. Mas você tem razão. Eu seria mesmo incapaz de ter um caso com um homem galinha como você.

Ele não me dá tempo de me arrepender do comentário, que parece nem ouvir. Enquanto me abraça e me beija, se justifica:

— O que estamos fazendo não é contra ninguém. Não é contra Joana. É só a favor da gente. Temos tudo a ganhar, nada a perder.

Não notou minha saia, nem minha blusa, nem meus brincos, nem meu anel. Proponho a penumbra. Ele quer muita luz e elogia meu corpo recheado pela idade:

Outras tantas palavras de elogio à minha cor e às minhas formas me soam como música, embora as notas me pareçam falsas.

Fala, fala, enquanto me estiro na cama.

Diana quer parecer uma mulher vulgar, se entregar sem pudor. Ou tudo ou nada. Ou melhor *tudo*. Temo pelo que possa acontecer, mas deixo de fato *tudo* acontecer.

— Devagar. Muito devagar — repito.

Ele não ouve, não consigo me molhar, estou tensa e inquieta, o vejo como um cachorro em cima de mim, e logo ele geme de gozo, mente que nunca sentiu um prazer igual. Continuo apenas apreensiva. "Foi bom?", me pergunta, e digo que sim, o corpo dele, agora saciado e relaxado na cama, já perdeu a elegância de antigamente.

— Você acha a fidelidade importante? — indaga, ainda deitado, olhando o teto.

— Acho, mas o amor é mais importante. O que o desejo e a paixão decidem pode estar errado; já o que o amor decide sempre está certo — respondo, deitada ao lado dele, meio vestida e notando minhas meias desfiadas.

— A pior desgraça para um homem é a traição de uma mulher.

Melindroso perguntar se está se referindo a Joana. Deve ter sido duro para Eduardo saber que eu não conseguia amá-lo. Talvez não estivesse apaixonada por Paulinho, ele fosse acessório no meu amor. Fosse só a

AS CINCO ESTAÇÕES DO AMOR   133

causa aparente e circunstancial de minha paixão, uma paixão egoísta, que se alimentava de minhas próprias perturbações sentimentais. Não posso ser quem não sou, minha bondade se misturava com a frieza de uma assassina da alma de Eduardo. É como se visse agora seu rosto fracassado. "Me sinto um bosta, me arrastando a seus pés", me disse em tom patético. Em seus ataques de ciúme, usou da violência tentando me prender em casa. O começo do fim — que nunca contei a ninguém e que só não resolvi na delegacia de covarde — foi quando quis me obrigar a fazer sexo, ele é muito mais forte do que eu, estávamos sós em casa e não adiantava que eu gritasse, ninguém me ouvia, esperneei quanto pude, mordi-o com toda a força de meus dentes, ele se esfregou em mim e me machucou. Quando tive aquela explosão de nervos e decidi partir depois do desaparecimento de Paulinho, reagiu fechando-se, calando-se e insistindo na minha volta. Mas eu não podia, feito uma máquina, apagar o que havia acontecido e que já se somava a um passado de mágoas e ressentimentos.

Olho para Cadu e digo:

— Infidelidade é difícil de enfrentar, mas é superável se existir amor. Me separei de Eduardo porque achava que ele não me amava. Hoje penso que casamento e amor são mesmo incompatíveis.

Adormecemos juntos.

— Gosto de mulheres que não se grilam, nem se apaixonam — ele me revela de manhã.

— Não é meu caso.

Ele ri, talvez ache que não falo a sério.

134 JOÃO ALMINO

— Você gosta de manga? — quer saber.

— Adoro.

Vai, então, até às mangueiras que dão para o Eixo. Olho pelas persianas. Para o sul, um céu limpíssimo sobre a paisagem ensolarada. Para o norte vejo, do céu ao chão, o limite da chuva, que vem avançando, e um enorme arco-íris de 180 graus, como o que emoldurava o meio do cerrado há trinta anos, quando Íris fazia profecias e, debaixo da chuva intensa, Cadu me ajudava a encher uma garrafinha com terra. Os garotos jogam futebol. Um rio de carros corre para a Esplanada dos Ministérios. Entre as fileiras de mangueiras, Cadu, como um menino, pula para colher para mim as pencas de mangas.

Volto à infância amassando as mangas que Cadu me traz, chupando-as pelo bico e me lambuzando toda. Tomamos banho juntos na banheira, depois ele passa um secador no meu cabelo e me leva nos braços até o divã. Ali ficamos conversando, enquanto ele me acaricia por baixo da toalha e, quando me descobre, assumo a pose de uma odalisca de Ingres.

— Estou apaixonado por você. Você é a mulher mais excitante do mundo, sabia?

Ouço um enorme estrondo e o tempo escurece. A chuva grossa começa a escorrer pelas janelas. Enquanto ele chafurda nos meus mais fundos, vou me emocionando, sentindo prazer, só prazer, que jorra como mel espesso.

Meus joelhos tocam o chão como se eu rezasse a Baco e me oferecesse em sacrifício, um relâmpago pro-

AS CINCO ESTAÇÕES DO AMOR 135

jeta nossas sombras sobre as paredes, o trovão me faz tremer, novamente escurece e eis que ele me extrai prazeres ainda mais de dentro quando despenco vertiginosamente no poço de podridão em que me banho com água nascente.

De novo sentada no divã, devo trazer nos olhos alguma tristeza de cansaço e contentamento.

— Pare, fique exatamente como está. Mantenha o rosto nesta posição, a luz está perfeita — me implora.

Reclino-me sobre o divã, meio enrolada num lençol, que deixa a maior parte de meu corpo à vista.

— Quero fazer uma foto sua.

— Não, por favor. Não me sentiria jamais à vontade pra isso.

A luz filtrada pela chuva deita sombras no quarto. Noto algo sério e grave nos traços do rosto parcialmente escurecido de Cadu. Vejo tudo em preto e branco, contrastes de claro e cinza. E então na cama ouvindo o ruído da chuva e vendo a dança de sombras no teto, ele me beija vagarosamente, me excita com sua língua, acaricia meus lábios, e minha boca e minhas mãos não ficam menos ativas que as dele.

— Não consigo nem acreditar no que está acontecendo — ele diz.

— Adoro te dar.

— Não é feito foder garotinha inexperiente, é como comer fruta madura.

Ele não quer parar, me comendo com seus olhos grudados entre minhas coxas, e eu também gostando de olhar o entra e sai.

Chego a acreditar que me ama quando goza de novo com gritos e gemidos, não é possível que goze tantas vezes se não me ama, estou cheia de poder, pois o desejo é poder, o poder mesmo de desejar, de querer viver, ele faz jorrar uma eletricidade de alta voltagem nas minhas entranhas, lá no fundo do meu gozo, e então acompanho os gemidos e os gritos dele e não me importo se os vizinhos ouvem, não quero limites para este excesso.

Sem passado nem futuro, descubro: este é o instante, tempo real pleno de acontecimento, que não corre nem foge, não avança nem recua, apenas está. Este tempo que não dura não é tempo, não acaba nem existe para sempre. Não passa nem passo por ele e por isso apenas sou; e no entanto sou bala disparada e perdida, que sob o impacto se estilhaça. Cadu me acaricia. Tento lhe explicar, da forma mais simples que consigo, que este momento com ele me ilumina sobre o sentido do instantaneísmo. Sem entender, ele me responde, nossos corpos ainda enlaçados:

— É como a flecha do arqueiro zen, disparada no instante em que o olho flagra o alvo com perfeita precisão.

Ocupo meu tempo, nos dias seguintes, meditando sobre o acontecido e folheando papéis antigos. Sinto-me anestesiada. Estou também machucada, física e espiritualmente. Passo horas entre meu quarto e o banheiro, entre a cama e o espelho da penteadeira. Quase não consigo sentar-me ao bidê, onde me lavo longamente, esquecida, massageando-me, enquanto me sobe uma dor aguda.

AS CINCO ESTAÇÕES DO AMOR   137

Atrás do retrato que Norberto fez de mim, colo a folha de papel que ainda não consigo destruir — a do sonho com Cadu. Um homem assim, que me ache linda e me dê carinho, me basta. Não é possível que eu seja apenas uma a mais na sua vida. Fico imaginando como serei capaz de encará-lo e a Joana quando chegarem para o reencontro dos inúteis. Não a convidei. Ele me disse que ela virá, para não passar sozinha o réveillon do milênio.

Envenenada pela flecha de Cupido, me fecho no meu quarto. Nunca me passou pela cabeça que, aos 55 anos, ainda gostaria de ser mais madura, de me satisfazer por completo com um homem. A vida é uma incessante busca, sempre acabada pelo meio. A natureza — Deus, para quem crê — não planejou bem a humanidade. Ou será que a culpa é da espécie humana, que não soube evoluir? Será que algo ainda podem me ensinar estas tantas páginas sobre o amor, aqui à esquerda da minha cama?

Estou apaixonada como uma adolescente. Cadu, como outrora Paulinho, nada tem a ver com isso. A causa deste redemoinho emotivo, como aconteceu com aquele outro do passado, está dentro de mim. Cadu apenas me ajudou a romper uma barragem no meu íntimo, por onde as águas violentas da paixão rompem represas e correm selvagens, sem que eu saiba para onde. Estou abandonada neste barco da paixão. Cadu passou comigo uma só noite, como passaria com qualquer outra. Já nem sequer pensa em mim. Ponho-me na pele de Eva e a compreendo mais do que nunca. Para tamanha paixão não correspondida, somente o suicídio.

Ansiosa, ligo para Cadu. Atende Joana, com quem falo com a impressão de que minha voz soa falso e lhe revela meus segredos.

— Tem notícias de Berta? — pergunto.

— Nenhuma. A única vez que a vi foi na sua casa.

Espero que Berta apareça para o reencontro dos inúteis.

Um dia antes do reencontro, Chicão passa para selecionarmos um trecho do livro do Filósofo. Lembro-me desta garrafinha com terra, a que Cadu me ajudou a encher. Ponho-a sobre a mesa, para que fique bem visível. Ela vem ainda da viagem mística que fizemos — todos os nove — ao Jardim da Salvação. Viagem em mais de um sentido. Fomos em dois carros em direção ao norte, ouvindo no rádio uma música de enterro. As árvores torcidas, ainda verdes, corriam rapidamente pelos dois lados da estrada. No céu, abrindo-se em leque, um parangolé de raios coloridos.

Quando atravessávamos o arco de néon do Jardim da Salvação, alguém informou que a profetisa nos convidava para uma cerimônia nas Águas Emendadas. Pusemos vestes brancas por cima de nossas roupas e tomamos um dos três ônibus lotados. Quase todos os passageiros eram residentes do Jardim da Salvação, notávamos pelos dourados, os chapéus e as conversas sobre revelações cósmicas.

Num descampado, nos apeamos. Subimos por uma trilha cortando o mato espinhento. Em cima do morro, em redor de Íris, um círculo de pessoas. Ela vestia suas vestes brancas, largas e compridas, riscadas por fitas azuis.

— Neste paralelo 15 existiu um centro cerimonial dos homens dos sambaquis, os primeiros habitantes do Brasil, anteriores aos jês e aos tupis — discursa. — Por esta região passaram tapuias, xavantes e timbiras. Ainda hoje os avá-canoeiros estão em Minaçu-Cavalcante; os tapuias em Nova América Rubiataba; os caiapós ao sul; os xavantes em Pem Pium; os bororos pro oeste; e os timbiras nos cerrados do norte. É o lugar pra nos prepararmos pro terceiro milênio. Pra nos imbuirmos do espírito da próxima humanidade. O Planalto Central é o que há de mais antigo nas Américas. É também o que mais chances tem de sobreviver aos cataclismos que se anunciam.

Então apareceu no céu um arco-íris de 180 graus.

— Isto é feitiçaria de nossa deusa greco-sambaqui — Chicão disse, com uma ponta de ironia.

Olhássemos para o céu. Ali estava ela, deusa do arco-íris, a mensageira dos deuses citada na *Ilíada*.

Nunca fui mística. Mas a frieza de Chicão não me contaminou. Fiquei envolvida por aquela atmosfera. O arco-íris que aparecia por acaso agregava mistério e beleza à cerimônia, em que o vocabulário de seitas orientais e africanas se mesclava com o do cristianismo. Depois identifiquei um texto taoista que quase coincidia com um dos ensinamentos de Íris: "A grande via é calma e o espírito, grande. Nada é fácil, nada é difícil. Obedeçam à natureza das coisas." Ela dizia isso abrindo os braços num movimento vagaroso, enquanto as mangas largas de sua veste balançavam ao vento.

Com as chuvas, os cogumelos tinham crescido sobre as bostas de vaca. Várias pessoas começaram a colhê-los e a oferecê-los, como numa cerimônia de comunhão. Já certos de que algo de mágico iria se passar, nossa atenção se fixou em Íris, que, parada feito estátua, as mãos juntas apontando para o céu, olhos fechados, começou a suar, parecia sentir uma dor aguda. Logo soltou um berro e informou que pressentia o fim do mundo. Aí distribuiu garrafinhas para serem jogadas nos três rios, um de cada bacia.

Começou a chover uma chuva grossa e fria, que não parava. Nos abraçamos.

— Esta água vai deixar a gente inconsciente — Chicão disse.

— Vamos nos concentrar na energia que passa aqui de um pro outro — Eva pediu.

Fosse o que fosse, energia ou não, aumentava de intensidade a cada raio que caía, a cada trovão que ouvíamos, e com os rios de água que desciam pelas nossas faces. Ríamos e chorávamos ao mesmo tempo. Desde então, sempre que penso na possibilidade de comunhão da humanidade, de um sentimento único coletivo, de um amor compartido e desenfreado, que não exige nada em troca, penso naquele momento de congraçamento e profunda humanidade em que o desespero e a esperança estavam fundidos.

Ali mesmo, abraçados uns aos outros, vendo a água escorrer por nossos pés, fizemos o pacto do reencontro

AS CINCO ESTAÇÕES DO AMOR

141

no réveillon do ano 2000. Foi Eva quem propôs. Devíamos nos preparar para o próximo milênio e trazer àquele reencontro, cada um de nós, um balanço de nossa vida. Fui escolhida como o ponto de contato. Todos deveriam me procurar um ano antes, em 1999. Eu deveria então propor um lugar para o reencontro. Nossas mãos estavam entrelaçadas sobre o barro, e, sem que nada fosse combinado, Cadu me ajudou a pôr um pouco daquele barro dentro da garrafinha que eu ainda trazia comigo, em vez de ter jogado num dos rios.

Trinta anos depois, a garrafinha está aqui, pronta para presenciar o regresso dos inúteis. A ocasião exige roupa nova. Opto por um vestido preto e comprido, aberto num dos lados até ao meio da coxa, com decote cavado atrás e sutil na frente, um corte que realça discretamente as linhas de meu corpo. Tudo o mais compro em preto, para combinar. Vou ao cabeleireiro. Chamo a manicure. Depilo as pernas. Tomo um banho demorado, desses que lavam pensamento. Aplico cuidadosamente a base sobre o rosto, estudo as sombras nos mínimos detalhes, ponho um nada de ruge, avivo os cílios com rímel, pinto as sobrancelhas e encho-me de perfume. Os anéis e brincos são os mesmos que usei no encontro com Cadu.

É sexta-feira, 31 de dezembro de 1999. Separo os CDs dos Beatles e de Caetano. Toca o *Cinema transcendental* quando Maria Antônia chega, por volta das oito e meia. Depois dela, vão aparecendo Chicão e Marcelo, que trazem Marquinhos; Tatá e Cássia; e Cadu, desacompanhado.

142 JOÃO ALMINO

Todos guardam algo de suas feições de juventude, a tal ponto que, mesmo que não os tivesse visto desde a época dos nossos encontros, seria capaz de reconhecê-los.

— O Marquinhos aqui tem uma carreira promissora na inutilidade — Chicão diz.

— Não fale assim de seu filho, nem de brincadeira — reage Cássia.

— Só não proponho também a entrada do Valentino no nosso clube porque ele já tem lugar cativo. É o mais inútil de todos, né, Valentino? — Chicão fala, sem dar atenção a Cássia.

Rodolfo balança o rabo como se entendesse.

— Joana pede mil desculpas. Não resistiu aos fogos de artifício; ficou no Rio. De última hora, aceitou o convite para uma festa num *bateau-mouche* — Cadu explica.

Passa por minha cabeça que tenha havido uma desavença entre eles por minha causa.

Berta, que me cobrou a convocação deste encontro, sequer deu notícias. Não quer enfrentar o olhar dos velhos amigos, ou então, como Joana, não quer trocar uma boa festa de réveillon por um jantar de inúteis. Lembro-me de sua sugestão sobre o clube. Não, a razão é outra, entendo Berta: não tem motivos para aparecer depois do que aconteceu entre nós duas.

Chicão se senta na poltrona principal, sempre com Rodolfo a seus pés, Marquinhos no colo.

Sobre a mesinha de centro, a estatueta chinesa que Berta me deu nos mira com olhos esbugalhados. Sou tomada de uma sensação esquisita, como se estivesse iminente o perigo.

AS CINCO ESTAÇÕES DO AMOR

Abro a primeira garrafa de champanhe, uma das muitas que todos trouxeram. Não quero me embriagar, mas estou disposta a uma meia bebedeira, que solte minha língua sem prejudicar minha lucidez.

— A ideia era nos encontrarmos hoje para fazer um balanço — digo.

— Já está feito. Todos vivemos na merda — Chicão resume.

— Eu, não — Maria Antônia refuta.

— A conclusão a que a gente pode chegar é a seguinte: éramos mesmo muito doidos, concorda, Valentino? — Chicão diz, voltando-se para Rodolfo, deitado a seus pés.

— Doidos mansos — corrijo. Insisto de novo que, há trinta anos, a gente teve a ideia de se reunir nesta data para fazer um balanço de vida.

— Babaquice vocês ficarem encantados com aquela maluca — Chicão fala, a propósito de Íris.

— Babaquice a sua, que a comparou a uma deusa grega — responde Maria Antônia.

— É que ainda não conhecia o lado egípcio dela — ele ironiza, sem esboçar um sorriso —, fusão de Osíris com Ísis. Ela só podia governar os mortos.

Enquanto ele fala, Josafá senta-se na ponta da mesa de centro, exibindo suas patinhas brancas e observando a gente, como se fosse uma verdadeira estátua egípcia. Lia também está conosco, pulando de colo em colo, com Marquinhos seguindo-a.

Um alívio constatar que Chicão e Maria Antônia voltaram a se entender. Implicam um com o outro, mas pelo menos estão se falando.

— A gente achava que o mundo ia ser outro em trinta anos, né, Ana? — Cadu me diz.

Será que ele quer insinuar algo sobre nosso encontro surpreendente daquela semana? Antes que eu esboce qualquer frase, Tatá responde por mim:

— E é mesmo, é outro, só que completamente diferente do que a gente imaginava.

— É o medo o que está marcando o fim do milênio — opino.

— Os medos de hoje são iguaizinhos aos de há mil anos: medo da violência, da miséria, das doenças e das catástrofes naturais, sem falar do medo do fim do mundo — Chicão afirma.

Olho para o meu retrato. Ainda guarda as cores originais e todas as rugas que Berta pintou. Revivo a sensação de que já atingi a idade que ele mostra.

— Este medo não tenho. Me inquieta mais meu próprio fim do mundo, que não vai demorar — digo.

— Que é isso, Ana? Vira essa boca pra lá! — Marcelo protesta.

— Olhe, tente esticar. Vida de defunto é chatésima, pior do que de vivo. Fantasma hoje perdeu até o direito de assustar — Chicão completa.

Cadu olha para mim enquanto levanta a taça de champanhe. Sinto um frio na barriga. Resisti durante tantos anos e acabei me rendendo. Capitulei, pronto. Porque queria. Experimentei tudo, pronto, tenho de relaxar. Não me importa que esteja apaixonada, sozinha neste barco, sem ser correspondida. Que ele me olhe como se eu fosse sua e sempre disposta a mais uma aventura sem limites nem compromisso.

AS CINCO ESTAÇÕES DO AMOR   145

— Saravá! Aos nossos trinta anos de amizade! — brada.

— À nossa amizade! — todos respondem, quase ao mesmo tempo.

Depois me acompanham noutro brinde, em memória de Eva, Helena e o Filósofo. Acendo o incenso que Berta tinha comprado para homenagear Eva.

— Ana, você vai me fazer o favor de apagar esse incenso — Cadu me pede. — Me dá alergia. E tem cheiro de passado.

— É isso que a gente quer, se lembrar do passado — Maria Antônia reclama.

— Só se lembrar. Cheirar já é demais. Tem cheiro de mofo — diz Chicão.

— Que Helena renasça em nossos corações. Se ela ressuscitasse, voltaria a ser revolucionária. Mais do que nunca, os ingredientes da revolução estão presentes, com o povo empobrecido, muita gente que não tem sequer o que comer — Maria Antônia explica.

— Não a ressuscite pra isto, melhor deixá-la em paz — Chicão responde. Mostra o livro do Filósofo: — Ana, leia a passagem que escolhemos.

Paramos a música. Todos fazem silêncio. Ponho-me de pé. Minha leitura assume o ar solene de um padre lendo uma passagem da Bíblia:

— Lampejo de exceção, a vida humana é um desvio do perfeito, que consiste na ocupação dos lugares possíveis ao longo de um cortejo fúnebre, onde faz e refaz-se. A morte não é só acidente decisivo. Ela não transforma a vida em destino, pois cada vida humana tem sua morte, para encontrar seu sentido. A cada um, pois, a sua morte, segundo a sua vida. Ninguém pode se realizar plenamente em vida, somente na morte, que é completa e perfeita...

Estamos todos circunspectos. Maria Antônia respira fundo, como para aliviar uma dor. Não só Marquinhos nos olha espantado. Tatá também nos encara como se viéssemos de Marte.

Finalmente, nos sentamos à mesa, não sem antes Marcelo pôr Marquinhos para dormir. Com Chicão e Tatá respectivamente à minha direita e esquerda, me coloco numa cabeceira, Cadu na outra, com Maria Antônia do seu lado direito e Cássia à sua esquerda, Marcelo no meio da mesa, entre Maria Antônia e Tatá.

Sirvo de entrada uma salada leve, de endívia, para compensar o prato de caça que vem depois.

— A gente veio aqui pra celebrar a passagem do milênio, não foi, pessoal? Ao novo milênio! — grita Maria Antônia.

— Mania de celebração! Vai continuar tudo igual ao ano passado. Ninguém comemorou o ano 1000 — Chicão diz.

— Deve ter sido comemorado, sim — Cássia contesta.

— Só se começou a comemorar fim de século depois do século XVII. No ano 1000, na Europa não havia nem o zero. Talvez os maias já o conhecessem, mas foi a partir da Índia que entrou pra matemática árabe — Chicão aproveita para dar uma aula, ao seu feitio. — Sabe? "Zero" vem do árabe *sifr*, vento, traduzido em

AS CINCO ESTAÇÕES DO AMOR   147

latim como *zephirum*. Pra Europa só foi trazido em 990, pelo monge Gerbert d'Aurillac, que vem a ser Silvestre II, papa do ano 1000. Só se tornou conhecido dois séculos depois. Um número inspirado pelo vazio e o deserto.

— Muito apropriado a Brasília — Maria Antônia diz.

— Que é o zero à esquerda — Cadu completa.

— Isto aqui é mesmo um deserto de árvores e de gente — Marcelo concorda.

— Os funcionários são vazios, os políticos são vazios, mesmo que Chicão não queira — Maria Antônia retoma.

— Parece que estamos todos de acordo. Afinal de contas, para os inúteis, o zero é fundamental — tento concluir, pensando no simbolismo de nossa reunião, no zero que deveria ser o nosso recomeço.

— E o que estamos comemorando, então? — Tatá pergunta.

— Os dois mil anos de Cristo — responde Cássia.

— Mas Deus não pensa por números redondos — diz Chicão.

O prato principal é carne de paca, curtida de um dia para o outro no vinho tinto, servida com farofa, arroz e couve. Temo que seja um tanto pesado. Fico aliviada quando Cássia atesta que "está uma delícia". Sua opinião me basta. De todos nós, junto com Chicão, é quem mais entende de cozinha.

— Vamos ao Theobroma, o alimento dos deuses — Chicão anuncia, quando chega a hora da sobremesa.

Berenice então traz a mousse de chocolate, preparada por ele. Abro mais garrafas de champanhe.

— Aos maias e os freis dominicanos! — ele levanta sua taça.

— Por quê? — pergunta Cássia.

— Foram os dominicanos que levaram o chocolate pra Europa em 1544. Eles acompanhavam uma delegação de maias em visita ao futuro rei espanhol Felipe II — Chicão explica.

Quando voltamos aos sofás para tomar nosso cafezinho, o olhar de Cadu penetra o fundo de minha alma. Estou desconcertada, sem saber como encará-lo. De repente, ele tira uma latinha do bolso e começa a fazer um cigarro. Todos acompanham com o olhar o movimento dos seus dedos. Finalmente, desliza a língua pelo papel: o cigarro está feito. Ele o acende, tira um trago profundo e o passa adiante. Ninguém dá sequer uma tragada. Há séculos não fumo. Ponho o cigarro nos lábios e finjo tragar, guardando a fumaça na boca, para que Cadu não se sinta deslocado.

— Todo mundo virou careta? Pô, os tempos mudaram mesmo! — ele protesta.

— Os tempos, não. Só a gente — Chicão esclarece.

— É que não quero perder minha memória, nem ficar paranoica — Maria Antônia se justifica. — Passei a prezar mais a clareza, as ideias que me vêm de maneira mais difícil. No fundo, dá mais prazer pensar lucidamente.

Há um momento de silêncio, enquanto todos observam as baforadas de Cadu. Ele sorri para mim e fala:

— Acho que só você, Ana, vai me fazer companhia neste cigarrinho.

AS CINCO ESTAÇÕES DO AMOR 149

Abrimos mais garrafas de champanhe. Ouvem-se as explosões dos fogos. É meia-noite, começo do novo ano, do novo século, do novo milênio.

— Gente, que emoção! — exclama Marcelo, acordando de um cochilo.

Chamo Berenice para se juntar ao grupo, lhe dou um grande abraço, todos elogiam o jantar. Fazemos vários brindes e desejamos uns aos outros felicidades no novo milênio.

Então começamos a dançar feito loucos. O telefone toca. É Carlos, com os votos de um bom início de milênio. Está vendo nossa festa de camarote.

— Falou com Regina? — pergunto.

— Não, ainda vou ligar pra ela.

Temos um diálogo inesperado, quando me diz que sonhou comigo o último sonho do milênio.

— Sonhou o quê? — quero saber.

— Depois lhe conto.

— Depois quando? — estou curiosíssima.

— Quando nos encontrarmos. Tenho pensado em você. Muito.

Emudeço e fica um silêncio desconcertante no telefone.

Quando Carlos desliga, olho pela janela. Apenas a luz do quarto dele está acesa. Será que está sozinho? É das piores experiências por que se pode passar, ficar sozinho numa passagem de ano, sobretudo nesta passagem de milênio. Então, lhe telefono:

— Não quer trazer seu violão?

Daí a pouco ele chega, com o violão debaixo do braço e mais garrafas de champanhe.

Marcelo adormece num dos sofás da sala, como previsível. De vez em quando, sua cabeça cai para a frente, ele abre levemente os olhos, dá a impressão de que acordou, logo volta a reclinar a cabeça para trás.

Reparo na mudez de Cadu, seu olhar fundo e seus movimentos lentos. Imagino que não participe da conversa porque as nossas palavras estão ecoando em sua cabeça, mescladas de significados íntimos, trazidos de seu inconsciente. Será que sente por mim uma paixão corrosiva, semelhante à que sinto por ele?

De repente, ele começa a tirar várias fotografias de todos nós, inclusive de Lia e Josafá. Os dois se divertem. Pulam da mesa para o chão, do chão para o sofá e de um colo para o outro.

Noto o olhar insistente e indiscreto de Cadu sobre Maria Antônia, de pé, reclinada sobre a mesa. Sinto ciúmes.

Como vingança, Diana descontrai o corpo e começa a dançar furiosamente com Carlos, que parece mais feliz do que nunca.

— Bonito seu vestido — ele me diz, seu olhar deslizando de cima a baixo por meu corpo até fixar-se nas minhas meias arrastão.

Mais tarde, enquanto Carlos canta bossa nova e músicas de Nelson Gonçalves, Cadu pede que eu me deite no sofá, assumindo a mesma posição em que quis me fotografar há poucos dias. Até mesmo a posição do rosto, das pernas, tudo igualzinho. Penso na facilidade com que Helena se desvestia diante de nós e do rio e acho engraçado sentir-me despida pela câmera atrevida.

— Um rato! — grita Cássia, histérica. Sobe numa cadeira, enquanto nosso rato de estimação passa correndo pelo canto da sala, em direção à cozinha, sob o olhar indiferente de Josafá. Rimos muito e a festa se torna mais animada.

Explico que meu sobrinho Formiga não o teme e sempre defende esse rato, não há por que caçar o pobre animal.

Carlos é o último a sair. Ficamos filosofando, ele me falando da importância de se ter uma companhia, um amor tranquilo.

— Quando o amor é tranquilo, é porque não é amor — especulo.

— Não falo de paixão. Mas de uma amizade profunda entre pessoas de sexos opostos — ele explica.

Ao ouvir isso, penso que, depois de um tempo, o que talvez de melhor sobra de um casamento é mesmo a amizade. Não seria mau ter um amigo com quem dormir na mesma cama, trocando carinhos e palavras doces. Mesmo com Chicão não poderia.

Queria que alguém me pusesse para dormir como papai fazia quando eu era pequena e me trouxesse um ursinho, deixasse do lado de minha cabeça, para eu cheirar e abraçar... Carlos faria isso? Não, homem está sempre interessado noutra coisa.

— Cigarro? — me oferece.

Acende-o para mim e ficamos, um e outro, jogando nossas fumaças para cima.

— Olha, Ana, Regina pisou na bola e embolou o meio de campo. Acho bom, sabe? Percebo que estava querendo me casar com ela só por querer me casar.

A fumaça de meu cigarro se junta com a dele para formar uma nuvem de tranquilidade, estacionada no ar, desenhando distrações. Não me preocupo por Regina.

— Pensei nas minhas resoluções do milênio. Quero viver num ritmo devagar, na contramão da onda contemporânea, fazer uma coisa de cada vez — ele diz. — Porque o importante é fazer certo, na medida e com a alma limpa. Tem-se que dar tempo ao tempo. Deixar espaço pro sentimento crescer e amadurecer, não importa que lá fora um turbilhão de coisas esteja acontecendo. Mas fale de você. E seus escritos?

— É pretensão, entende?, querer resumir tudo no meu livro... Que não é de pedra, coisa nenhuma! É de papel reciclado. Não dá pra manter fixa a palavra quando, como diz você, o moinho da vida se agita nessa turbulência.

— É justamente na constância das coisas que acredito. Você não deve desistir.

— Olhe, parei de ler jornal, de ver televisão. Isso não contribuiu no mais mínimo pro meu relato terminar. E o encontro dos inúteis não serviu nem pro balanço que eu queria fazer.

Descubro o prazer das coisas pequenas, com Carlos a meu lado, uma brisa de emoção soprando meu rosto, me soprando sobre a superfície do lago como um barquinho de papel, contra a paisagem noturna, feita de tons acinzentados...

— Desisti de voltar pra Minas. Não quero nunca mais ver Taimbé pra não ter uma decepção. Quero guardá-la intacta nas minhas recordações de infância.

Carlos me faz sentir interessante, quando lhe descrevo as cenas mais banais de minha infância, eu acordando cedo para ir com papai à missa e ao mercado, tirando com ele a sesta e rezando o terço ajoelhada, com toda a família, antes de dormir.

Ouço notas suaves de uma melodia antiga e não espero nada, estou entregue a este vento da noite, no fim do milênio.

— No presente, a gente nunca vê o fluir do tempo — falo.

— É, ainda bem — Carlos responde, abrindo seu sorriso largo para mim. Vejo-o como um anjo ao lado da nuvem de fumaça que sobe de sua boca, um anjo forte, maduro, cheio de músculos, nada a ver com aqueles anjinhos barrocos que se vêem nas igrejas de Minas.

Nesta noite, sinto que os inúteis sobreviventes ainda somos todos amigos. Há em cada um de nós uma cumplicidade dos velhos tempos. Mudamos física e espiritualmente. Mas continuamos confiando uns nos outros, não por causa de interesses comuns nem de ideias semelhantes. Porque vivemos juntos algumas coisas e perdemos juntos várias das mesmas coisas. Sonhamos os mesmos sonhos irrealizados. Reconheço algo de artificial nessa amizade que persiste: mudamos todos e, apesar disso, uns em relação aos outros, é como se estivéssemos congelados no tempo, vendo-nos uns aos outros não por nossos olhos de hoje e sim por nossos olhos de há trinta anos. Não refazemos nossas relações a partir do que somos; fazemos encenações de nossas relações antigas, ou melhor, idealizadas.

Faltou Berta. Talvez ela tenha querido simplesmente cortar o contato conosco. Sou a culpada por sua ausência. Ofendi-a por causa de meus preconceitos, Chicão sacou bem, tenho de admitir. Sobretudo faltou a elevação, a epifania, que ultrapassasse a banalidade do cotidiano, nos remetesse ao encontro mágico de trinta anos atrás e nos fizesse recordar que um novo milênio começava. Chicão está certo, vai continuar tudo igual. Apenas os dias passam, um após o outro, com a permanência de coisas boas e más, e com mudanças para melhor e para pior.

Pensando em Cadu, me dou conta de que frustração é o último nome do desejo. E mais, de que não importa o amor de um homem. Terei amor pelas plantas, os animais, meus sobrinhos... Não quero saber mais de amar um homem. Ao me despedir de Carlos à porta, sinto o cheiro de jasmim e, apesar de tudo, uma certa paz de espírito.

É pena que com Carlos jamais pudesse dar certo. Sou sombria demais para ele. Apesar de toda a sua simpatia, ele não se interessaria por mim a não ser talvez como amiga.

Devo desenvolver a amizade por ele. Engraçado ele pensar no amor como amizade entre pessoas de sexos opostos... Talvez me veja como uma irmã... Tem uma em Brasília, quase nunca a encontra.

AS CINCO ESTAÇÕES DO AMOR

Os homens não amados, os livros não escritos, os lugares não visitados, as experiências não tidas, as coisas não possuídas, a vida não vivida existem dentro de mim com a mesma força do que amei, vi, tive e vivi, só que no território imaginado que me consome e é tão real quanto seu avesso. Pela primeira vez me conformo com as perdas e ausências da minha vida, com o fato de que serei sozinha para sempre. É um alívio — e me alegra — pensar-me uma solteira convicta e autossuficiente. Não sei se devo chamar de velhice ou de maturidade não esperar mais nada, amainar a ambição e o desejo, me convencer de que minha vida é o passado, o amor é o passado, e no passado ele não era amor; o sexo é o passado e o passado não conta, de nada serve, um passado sem importância, nem registro para ninguém. Não vivo nele, mas no presente, e abraçada ao presente em que vivo sou apenas o que sou, não quero e nem posso ser outra coisa, não preciso de nada, não terei nada, contas feitas não devo nada a ninguém, não tenho nada mais a receber a não ser a própria vida que levo. O que vier a mais é lucro, a amizade por Carlos, talvez.

Minha resolução do milênio é terminar a destruição dos papéis de forma dramática: rápida e radical. Tenho que me desfazer deste peso, começar o novo século, como Carlos diz, com o espírito limpo. Amanhã vai ser um dia cheio: ida ao cemitério de manhã, almoço no restaurante do Tatá e jantar oferecido por Chicão.

Um bichinho verde anda sobre as folhas da samambaia. Aparece aqui para completar meu pensamento. É uma esperança. Deve ser babaquice, acredito nestas coincidências, nesta simbologia simples. Esta esperança deve ter um significado para mim, neste primeiro dia do milênio. Por pequena que seja, por mais que tente negá-la e a reconheça como pura ilusão, a esperança teima em sobreviver. Sem ela, qual presente seria possível suportar?

5
A *última estação do amor*

T U D O o que se é, tudo o que se constrói anos a fio pode ser perdido num instante, quando o Diabo se atravessa no caminho. Já se sabe que a pressa é inimiga da perfeição, e não se poderia esperar resultado melhor de uma criação que levou apenas sete dias para se consumar. Deus estava descontente e de mau humor quando criou o homem.

O Diabo estava me espreitando. *Diabolos*, aquele que se lança transversalmente. Só tomo conhecimento de sua obra na manhã seguinte ao jantar de Chicão. Dois de janeiro, domingo, leio sobre o crime hediondo. O corpo da vítima, perfurado por dezenas de facadas, foi encontrado por um gari, num bueiro para os lados de Planaltina. Junto do corpo quase nu, uma bolsa sem dinheiro, com a carteira de identidade. Quando leio que se trata de Mona Habib, filha de libaneses ainda não localizados, peço a Chicão o favor de se comunicar com a polícia, porque tenho este pânico de polícia, Chicão sabe disso. Depois fazemos juntos o reconhecimento do corpo transfigurado de Berta, no Instituto Médico-Legal. Um choque terrível!

Já disse e repito: é possível perder-se num instante não apenas o que se constrói anos a fio, mas também tudo o que se é, pois o que restará de Berta senão o crime, a maldade, a infâmia? E para quê um nome associado a isso? Queria que o Filósofo estivesse aqui para explicar por que "só a morte é completa e perfeita…".

Dois detetives vêm me ver. Pedem que eu lhes avise de qualquer suspeita. Não tenho suspeita alguma. Penso no que Berta me contou na noite em que chorou no meu ombro, quem mais tinha amado era quem mais havia temido. Teria sido um crime passional?

— Ela deve ter saído com desconhecidos, sem imaginar do que seriam capazes — digo aos detetives.

Pedem que eu descreva os colares e pulseiras que Berta possivelmente usasse. Conto-lhes também do meu revólver.

Sou uma sonâmbula caminhando pelo longo cortejo fúnebre onde a vida se esconde, aqui e ali, sempre pequena e frágil. Tateio os carros do cortejo imaginado pelo Filósofo. Olho embaixo deles, com a esperança de me reencontrar com Berta. Quero ainda lhe dizer que gosto dela. Que lamento que tenha partido. Que desejo o melhor para ela. Preveni-la de que o mundo lá fora é muito perigoso.

Não tenho como localizar vivalma da família de Berta, a não ser o filho, Luís. Pela primeira vez falo com

AS CINCO ESTAÇÕES DO AMOR   159

a mãe dele, Carolina, que fica transtornada. Consigo dar a notícia aos inúteis.

Embora o relatório policial não deixe dúvidas sobre a *causa mortis*, o corpo de Berta somente é liberado após uma autópsia. Discutimos — Chicão, eu e Tatá — a possibilidade de o embalsamarmos para estender o tempo do velório. Finalmente decidimos pela cremação. Assim, o corpo segue para o forno crematório na terça-feira de manhã, quando, apesar de ter sido guardado em geladeira, já está em início de decomposição. De tarde, fazemos uma cerimônia singela no cemitério.

Há uma beleza triste no ar. É a segunda vez em dois dias que viemos ao cemitério. Na manhã do dia anterior havíamos levado flores ao túmulo de Eva e ali lembrado os inúteis mortos.

Umas borboletas especialmente coloridas nos acompanham, é Carlos quem me mostra. Estamos apenas os inúteis, dois jornalistas interessados no crime, Marcelo, Carlos, Berenice, Carolina, Luís, Formiga e Vera. Pela suavidade do rosto, Carolina deve ter sido bonita algum dia.

É a estação das chuvas. O céu está negro. Imagino que possa cair uma pancada como no dia em que nos demos as mãos, recebendo uma energia misteriosa. A chuva não cai, nem nos damos as mãos, nem falamos uns com os outros. Choro um choro incontrolado. São torrentes de lágrimas lavando meu rosto do mais completo desespero.

— Se eu encontrar pela frente o filho da puta que fez isso com Berta, ele não escapa — ameaço, aos soluços.

160   JOÃO ALMINO

Carlos, então, se aproxima de mim e abraça meus ombros. Sinto-o como se fosse meu pai, é mesmo de um afago paterno que preciso. Pai ideal, que não censura o que digo, o que sinto, o que faço.

As demais mulheres, salvo Maria Antônia, também choram. Reparo na feição profundamente entristecida de Chicão. Proponho que nos demos as mãos. Maria Antônia então faz um discurso. Fala da amizade que nos une, uma amizade que está aqui no ar que respiramos e que sempre vai nos unir seja onde for, não importa o que venha a acontecer. Diz que o espírito de aventura de Berta era uma expressão de seu amor incontido pela vida, que a tragédia de sua morte deve marcar o início de uma campanha pelos direitos humanos, que ela foi se juntar à perspicácia do Filósofo e ao romantismo de Eva e de Helena. Que, para todos nós, Eva é um verdadeiro símbolo dos anos 1960. E Helena tinha morrido por causas ainda vivas. Continuamos alguns minutos de mãos dadas, ouvindo o canto dos pássaros que passam em revoada.

Mantenho minha calma até que todos se despedem. Já em casa, sozinha, diante da urna pequena e bonita como uma caixa de joias, onde estão depositadas as cinzas de Berta, sinto um grande desânimo.

— Acabou, não vale a pena tentar mais nada — digo, aos prantos, a Berenice. Berta era uma parte importante de mim. Sem ela sou apenas uma metade.

Chicão tinha razão em falar de meu moralismo. A culpa é minha. Em vez de dar carinho a Berta, de retribuir seus cuidados, a fiz fugir de casa. Tudo o que ela queria era ter alguém, ser alguém... Joguei-a aos leões.

AS CINCO ESTAÇÕES DO AMOR

161

Ao retirar-me para o meu quarto, me deparo com as últimas caixas de escritos que não tive tempo de esvaziar. Não tenho mais ânimo de continuar este trabalho de Sísifo, que cria mais peso em minha cabeça em vez de aliviá-la. Detenho-me numa página de meus quarenta anos, logo depois da separação de Eduardo. Embora tudo, à exceção de minha separação, tivesse acontecido exatamente como desejado, eu já me achava fracassada em cada aspecto de minha vida — no amor, no sexo, no trabalho — e atribuía isso à falta de prazer no que fazia. Relendo essa página, penso que estaria mais tranquila se tivesse crescido num ambiente ascético, em vez de me ter deixado sucumbir a uma visão hedonista que considerava insuficiente todo prazer. E passa por minha cabeça a ideia de abandonar os meus bens materiais, os amigos e a ambição de prazer, e me retirar para algum convento. Poderia ser uma boa monja. Como nos mosteiros medievais, poderia dedicar o resto da minha vida a uma tarefa meticulosa e perfeita, neste caso a destruição do resto dos papéis e a conclusão do livro definitivo. Reconhecendo-me já na clausura, digo a Berenice que não quero ver ninguém nem vou responder ao telefone.

Pelo janelão da sala, um céu sem estrelas, uma paisagem plana, o jardim verde e malcuidado... Estou exausta, como quando peguei aquele vírus há quase um ano. Desta vez é pra valer, nunca mais vou sair de casa. Nem mesmo do quarto, da cama. *Se eu quisesse, enlouquecia.*

Surpreendo Rodolfo com um livro na boca. Ele parece ter voltado aos velhos tempos, quando sacava livros da prateleira para mastigar. Imagino que o acaso, que é Deus e o Diabo juntos, esteja tramando me dizer algo através de Rodolfo. Tiro o livro de sua boca e o abro aleatoriamente. Bato os olhos numas estrofes de 1483, do *Cancioneiro português*, que glosam as paixões entristecidas, e me fixo num verso: *Es el remedio morir*. Uma frase à toa, no meio de uns escritos insignificantes, que me lembra outra: *Un bel morire tutta una vita onora*. Palavras que vêm de tão longe, se ainda me dizem alguma coisa, contam mais sobre o presente do que sobre o mundo de onde vêm. É o estado em que estou que lhes empresta um significado especial.

Eu queria uma revolução? Que me chegasse a hora da verdade? Meus pedidos foram ouvidos, só que por Satã, o adversário. Estou atolada num lamaçal de angústia. No estado em que estou, se estudarem os químicos que meu cérebro fabrica, inventarão uma vacina contra a melancolia e a infelicidade. Dos milhões de palavras amontoadas sobre as paredes de meu quarto, só capto as que fazem eco na minha cabeça: *Es el remedio morir*, uma mensagem que chega do século XV, com o peso da história, para ditar minha morte no fim do milênio.

— Seu Carlos está aqui, dona Ana. Quer ver a senhora — Berenice me diz.

Penso no abraço que me deu, mas não tenho forças para me levantar:

— Não quero ver ninguém, ninguém mesmo, Berenice.

Trancada no meu quarto, me sinto um trapo. Já fiz tudo o que tinha de fazer. Não fui reconhecida por nada. E meus poucos amigos vão se lembrar de mim como uma… inútil! Nenhuma promessa de claridade

AS CINCO ESTAÇÕES DO AMOR   163

em torno de mim, a sombra da morte escurece a paisagem onde minha imaginação repousa.

Na sexta-feira, um detetive me procura.

— A senhora reconhece esta arma? — Mostra meu revólver.

A partir de uma denúncia anônima, a polícia localizou um dos possíveis assassinos de Berta, um tal Jefferson José Ramos, o Fefé, que tinha em seu poder este revólver registrado em meu nome. É indispensável meu testemunho de que emprestei a arma a Berta. Na delegacia, assino documentos para que o revólver sirva de prova contra Fefé e, no fim, o recupero, aproveitando que ainda não vigora a proibição do porte de armas. Volto a guardá-lo no lugar de sempre, em cima do guarda-roupa.

No sábado, vou à missa de sétimo dia pela alma de Berta, na igrejinha da 307. É a primeira vez, em anos, que ponho os pés numa igreja. Maria Antônia e Cadu já partiram, Tatá não pôde vir, de forma que aqui estamos apenas eu, Carlos, Chicão, Carolina, Vera e Luís. Meu pensamento divaga, na geometria dos azulejos azuis e brancos, pelos momentos passados com Berta. Ela tinha guiado este meu último ano, criado a expectativa do reencontro do milênio e indiretamente me levado a tentar revolucionar a minha vida com a ajuda da destruição de meus papéis e a composição do relato ainda não concluído. Depois da missa, recuso o convite de Carlos para almoçar.

Já em casa, ajoelhada, rezo em voz alta a oração a são Judas Tadeu, para os casos desesperadores, a que

Berenice leu no dia da tentativa de assalto e cuja cópia depois Berta me deu:

— "São Judas, glorioso Apóstolo, fiel servo e amigo de Jesus, o nome do traidor foi causa de que fôsseis esquecido por muitos, mas a Igreja vos honra e invoca universalmente como patrono nos casos desesperados, nos negócios sem remédio. Rogai por mim, que sou tão miserável. Fazei uso, eu vos peço, desse particular privilégio que vos foi concedido, onde o socorro desapareceu quase por completo. Assisti-me nesta grande necessidade, para que possa receber as consolações e o auxílio do Céu em todas as minhas precisões, atribulações e sofrimentos, alcançando-me a graça de..." — neste ponto, está escrito: "Aqui faz-se o pedido particular." Peço, então: — "... encontrar um sentido para minha vida..." — E continuo a oração até o fim: — "... e para que eu possa louvar a Deus convosco e com todos os eleitos, por toda a eternidade. Eu vos prometo, ó bendito são Judas, lembrar-me sempre desse grande favor, e de vos honrar, como seu especial e poderoso patrono, e fazer tudo o que estiver a meu alcance para incentivar a devoção para convosco. Amém. São Judas, rogai por nós e por todos os que vos honram e invocam o vosso auxílio."

Depois vejo o ridículo em que me encontro, é meu desespero que me leva a esse tipo de atitude. Não era esta a reza que Berta levava na bolsa quando lhe aconteceu a desgraça inominável e sem tamanho? Não adianta ser supersticiosa, nem acreditar em fadas, em santos, em milagres. Não há mesmo jeito, é daqui para pior.

AS CINCO ESTAÇÕES DO AMOR   165

No dia seguinte, digo a Berenice que aproveite seu domingo, ela sempre passa os fins de semana no Núcleo Bandeirante. Ela hesita, quer me fazer companhia. Insisto que não preciso de nada e prefiro ficar sozinha. Formiga e Vera saíram.

Na tarde deste domingo triste e feio, quando faz uma semana que soube da morte de Berta pelos jornais, primeiro tomo a decisão de jogar no lixo meu computador portátil, onde escrevia o relato definitivo, que já não faz mais sentido e que nada substituiu de meus papéis guardados. Eram apenas palavras a mais que se acumulavam. Folheio as cartas de Berta, ou melhor, de Norberto, mandadas de São Paulo, de Paris e, a última delas, de San Francisco, esta falando de sua volta e lembrando o reencontro dos inúteis. Deixo-as sobre a escrivaninha. Depois me certifico de que Formiga e Vera ainda não voltaram. Ponho Rodolfo para fora. Ele fica no jardim, chorando para entrar, mas não me compadeço.

Minha alma está morta, falta agora matar meu corpo. *Es el remedio morir.* Busco o revólver em cima do guarda-roupa. Por um instante ainda penso na aventura que me trouxe ao Planalto Central, como para cumprir uma missão. Logo me ocorre que, desde o começo, a estrutura monumental de Brasília traçava os limites daquela minha aventura. Vejo-me fora das muralhas de um castelo medieval. *Un bel morire tutta una vita onora.* Por que não haverá de ser digna uma morte escolhida, nesta prisão aberta, a contemplar estas muralhas?

Procuro as balas extras na gaveta da cômoda. Carrego o revólver. Tomo na mão uma folha de papel, das várias pilhas que se acumularam no quarto. É curiosamente um comentário sobre o egoísmo, em torno de uma passagem de Santo Agostinho que diz mais ou menos assim: a cidade terrestre foi feita pelo amor de si próprio em detrimento de Deus. Ainda devo dar atenção a palavras em que esbarro ao acaso? É certamente por egoísmo que quero me matar. Não por amor a mim mesma e sim por ódio incontido de mim mesma. Por não conseguir ser o que quero. Por covardia e também por não ter me mantido jovem. Ou sou tudo ou não sou nada.

Sobreviver por causa dos outros? Não vou fazer falta a ninguém, nem mesmo a Chicão. A vida não é mais bela nem mais sublime do que a morte. "A cada um a sua morte, segundo a sua vida. Só a morte é completa e perfeita..."

Esta é minha revolta, minha revolução. Chega de sobrevida medíocre e acomodada. Tivesse uma bomba aqui, explodia a casa, Brasília, o mundo, esta obra de um Deus mal-humorado.

Ponho fogo nesta folha de papel. E o fogo vai se espraiando sobre os demais papéis, sobre o relato incompleto, sobre a pilha do amor. Tenho a sensação de que a fogueira substituirá quilos de papel por uma essência espiritual, que vejo aqui na fumaça. Quero pôr fogo em tudo, na casa, em mim mesma.

Vejo o rato, meu companheiro deste último ano, escapando pela porta. Estava escondido por trás dos pa-

AS CINCO ESTAÇÕES DO AMOR   167

péis e foge do calor do fogo. Então sou eu mesma que sinto o fogo invadindo todo o ambiente. Quero morrer antes que me queime. Alcanço o revólver.

À beira do desastre um lago uma flor que desabrocha morta nuvens vermelhas que me interrogam mera sombra desventuras do desejo uma pintura um abraço de abandono impurezas do tempo a imagem do passado em movimento e o olhar aterrorizado do anjo olhando para trás os escombros Um centro oco acorda deuses adormecidos e exprime uma nova lei da causalidade Abismo numa dobra do pensamento ao enquadrar na beira a paisagem O Lago Paranoá lâmina agora espelhando o desespero Esta flor essência de minha angústia Minha sombra nesta paisagem na pintura da parede pintura de uma ausência. Aponto o revólver para o ouvido e disparo.

Quando recobro a consciência, vejo um crucifixo no alto da parede branca à minha frente. Máquinas piscam em torno de mim, líquidos pendurados trazem remédios para as minhas veias e sinto o cheiro forte de hospital. Do meu lado estão Alaíde, mulher de Eduardo, mamãe, Regina, meus dois sobrinhos. Há também flores e cartões sobre uma mesa.

Na minha frente, um filmezinho com cada personagem se apresentando em pequenos flashes: "Minha filhinha", mamãe me diz, melosa, acariciando meu cabelo. "Você foi operada, mas vai se recuperar logo", ouço Regina, que depois me conta que ela, mamãe e meus dois sobrinhos estão hospedados com Chicão. "Oi, tia", Vera sorri. "Você tem muitos amigos que lhe querem bem", Alaíde me fala devagar, enunciando claramente as palavras, com sua voz gasguita. Tem toda a razão de me tratar como demente. Só Formiga está circunspecto, me olha como se não acreditasse que estou viva.

O médico me explica que a bala se instalou atrás do cérebro, que por pouco não estou paralítica e perco parte de meu raciocínio. Presumo que me salvei por não ter firmeza na mão e porque Carlos, ouvindo o tiro, não hesitou em invadir minha casa e me retirar do quarto em chamas. Sei agora com certeza por que já o vi como um anjo, ele é mesmo meu anjo da guarda. "Você precisa agradecer a este senhor", mamãe me diz. Ele tinha passado várias horas no hospital, enquanto eu estava inconsciente.

Jeremias e outros ex-colegas da universidade tinham me ligado. As flores sobre a mesa foram enviadas por uma tal Cleuza. Entendo, ao ler o cartão, que é a mulher do gato no congelador. Salvei sua vida, ela me escreve, só não se suicidou por minha causa, lhe devolvi a alegria de viver, soube de mim através do veterinário. Tomo um susto com a menção a ele, mas Formiga me assegura que Rodolfo passa bem, depois de ter sido tratado das queimaduras sofridas quando tentou seguir Carlos à minha procura. A casa toda foi destruída, ele me diz, e o fogo atingiu até a garagem, onde meu carro explodiu.

Ainda nestas primeiras horas depois que recobro a consciência, recebo a visita de Cadu e Joana. Meu coração ainda bate quando o vejo. Seria preferível estar morta a ter essa consciência de uma paixão não corres-

AS CINCO ESTAÇÕES DO AMOR

pondida. Desgraçado, um sacana, para ele é como se nada tivesse acontecido entre nós. O problema é meu, concedo-lhe meu perdão. E aqui está ele, simpático, sorridente, o filho da puta. O caso dele com Joana é dos mais bem realizados que conheço, talvez porque nunca viveram juntos. Resistiu até a um casamento de Joana. Ela uma vez me disse que o casamento estraga o prazer das relações.

"A nossa é uma relação aberta. Já ouviu falar em Sartre e Simone de Beauvoir?", repetiu do fundo de sua ignorância uma conversa de bar do Leblon.

Cadu me traz as fotografias — todas em preto e branco — de nossa festa dos inúteis. Numa delas, ampliada em 24 × 30, embora eu esteja muito bem-vestida, assumo a mesma posição em que ele, dias antes, tinha querido me fotografar. Por isso me vejo como se estivesse reclinada sobre o divã de um apartamento da Asa Norte, meio enrolada num lençol. A foto realça meu corpo, que parece ter curvas mais esguias do que são, e meu rosto, que estampa um sorriso melancólico.

Maria Antônia liga. Entende como me sinto, está e estará sempre do meu lado, conte sempre com ela; quando eu estiver em condições, por que não passo uma temporada em São Paulo? Há espaço no seu apartamento.

Mas o telefonema que me deixa mais contente é o da minha sobrinha Juliana. Já está recuperada e pode até correr.

— Por que você não passa férias com a gente, tia?

— Porque agora tenho férias sem parar, Juliana. Estou de férias até morrer. E depois vão ser férias eternas.

— Pois eu só tenho dois meses.

No fim da tarde me anunciam Cleuza, a do gato. Agradeço-lhe as flores. Tem o mesmo rosto trágico e grego de quando a conheci e continua se vestindo de preto. Fala por seus olhos fundos:

— Sei que não tenho intimidade com a senhora pra lhe fazer esta visita e por isso peço que me desculpe. Mas quero ter certeza de que a senhora está bem, de que quer viver...

Quase lhe confesso que gostaria de ter morrido. Fico calada. Estou sentindo dores, não quero pensar na vida, na morte, no futuro, em nada.

— Eu, que já passei por situações extremas, sei como é importante ter alguém do lado, em quem confiar — Cleuza continua.

Naquele dia em que nos encontramos por acaso, o veterinário tinha lhe revelado quem eu era. Tinha sido muito importante aquele encontro comigo, ela estava à beira do suicídio por causa não só do gato, mas também e sobretudo do veterinário, que era então seu namorado e ainda é seu amigo.

— Ele me deu outro gato, lindo, queridíssimo, sabe?

Já está escuro quando entram Marcelo e Chicão. Chicão me dá uma miniatura da Nossa Senhora da Esperança que Cabral trouxe na sua viagem e cujo original se encontra em Belmonte, em Portugal. Ele, como eu, não é religioso. Por isso me comove ainda mais o seu gesto.

— Isto é uma preciosidade, Chicão. Muito obrigada — digo, embora ache que tenho de banir a esperança de minha vida.

AS CINCO ESTAÇÕES DO AMOR

Marcelo também tenta levantar meu espírito:

— Está errado dizer que a esperança é a última que morre. Ela não morre nunca.

Agradeço-lhes que estejam hospedando mamãe, Regina e meus dois sobrinhos.

— Só mesmo muita amizade — digo.

— Você sabe que você é minha irmã — Chicão fala à saída. — O que precisar, providências práticas, jogar buraco, o que for, é só me avisar.

Durmo assistindo ao noticiário da televisão: guerras, crises, assassinatos, fome, as desgraças de sempre. À noite, acordo com os olhos mornos de Carlos a me observar. Com flores na mão, diz que somos almas gêmeas. E fica sentado ao meu lado. Lá para as tantas me confessa que, se eu precisar, posso ficar com ele pelo tempo que quiser. Que sua casa tem também espaço para os meninos. Berenice, os gatos e Rodolfo, aliás, já estão lá.

Meu coração não encontra as palavras que procura. Gagueja e se cala. Devo pedir a Diana que me desperte, que ouse dizer o indizível, o que apenas adivinho? Fragilizada, sentindo por dentro meu ser espicaçado, verto calmamente lágrimas dos olhos. Sei que "obrigada" não é a palavra apropriada a esta ocasião. Fico limitada a ela por não me ocorrerem outras melhores.

— Olhe, Ana, bola pra frente! — ele me recita seu refrão.

— Minha filha, ele gosta muito de você — mamãe me diz depois que Carlos sai.

— Você acha que é um bom partido? — lhe pergunto, brincando.

— É um homem muito fino. E, pelo que vi, pelo que fez por você, não tenho dúvida do que digo, de que gosta mesmo de você. Você vai descobrir que, com o tempo, o mais importante é achar alguém pra cuidar da gente com carinho e em quem a gente possa confiar. E se a gente não acha na hora certa, depois fica tarde demais.

Penso nos casamentos de antigamente, feitos pelos pais e envolvidos pela religião. Se assim tivesse sido meu casamento com Eduardo, talvez o amor tivesse nascido e crescido com a nossa convivência. Entregues a nós mesmos, o processo foi inverso. Eduardo e eu estávamos livres tanto do peso quanto da ajuda da família e da religião. Casamos por amor. Nosso erro foi crer que o amor que escolhia livremente o casamento também conseguia sozinho dar sentido à vida. Passei anos achando que Eduardo se chateava com meu afeto. A convivência jogou água fria na chama que um dia nos uniu.

Deitada em minha cama de hospital, entendo o sentido da palavra catástrofe, *katastrophê*, como diziam os gregos, reviravolta, transtorno, ruína. Se uma vida muda através de fatos exteriores, a minha é, de repente, radicalmente outra. Estou no hospital, Berta morta, todos os meus papéis queimados. Cinzas, emoções carbonizadas, volta ao pó.

De um lado, a ausência dos papéis me traz alívio e me cria uma sensação de liberdade. Sou agora apenas um corpo jogado no mundo, com seu espírito vadio, um espírito que não precisa dar seguimento a nenhuma palavra escrita. As palavras escritas já não amarram minhas crenças nem meu conhecimento. De outro lado, minha história confusa, que nunca vou saber qual é, não se apaga. Mesmo das cinzas, vão continuar a surgir suas formas. O que destruo persiste na negação do que existia. Não, nada desaparece sem deixar sua marca. Ficam até mesmo os palimpsestos no computador que joguei no lixo e que não sei onde foi parar.

Não é liberdade não ter casa, nem ter para onde ir Ainda bem que me restam minha história e minha família. Eu queria o zero, mas o zero é só um passado requentado. Desta vez Regina e mamãe têm toda a razão de querer me levar para Taimbé. E, se eu partir, Berenice é capaz de regressar para o Ceará ou ficar de vez trabalhando para Carlos.

Vera me comunica que vai finalmente viver com Luís. Não encontro argumentos para me opor e mesmo Regina acaba aceitando, não sem antes lhe dar conselhos sobre a necessidade de fazer universidade e de adiar qualquer projeto de filhos.

Em menos de duas semanas, tenho alta e me instalo no apartamento de Chicão, enquanto mamãe e Regina seguem para Taimbé. Apesar de gostar de Carlos, mamãe é contra a ideia de que eu more com ele assim sem mais, sem planos sequer de namoro — e está certa. Eu amaria Carlos por tudo o que fez por mim e por todas as suas qualidades. Sinto prazer em vê-lo, em conversar com ele, em tê-lo a meu lado, sempre de bom humor. Mas não consigo amá-lo. A menos que o amor, ao contrário do que creio, possa crescer de uma vontade racional. Talvez isso seja possível. Tudo cresce devagar, a partir da semente — a única mudança instantânea é a que separa a vida da morte. E a semente existe: é o afeto que sinto pela delicadeza dele; a gratidão por sua generosidade; a admiração por sua paciência; mesmo a atração por aqueles gestos suavemente saídos de um físico grande e musculoso. Gosto sobretudo que ele goste de flores.

É uma ideia passageira. Se me casasse com Carlos, logo descobriria que ele não é esta aparência suave. Dividiria comigo seus problemas, talvez suas dores de rins. A beleza espiritual que me transmite ficaria ofuscada pelo mau hálito ao acordar, pela face revelada de um machão mal-humorado. Não vou, já velha, dividir o teto com um homem, me desgastar com ele no cotidiano. Nesta idade, já temos nossas manias, e homem é muito diferente de mulher. Se pelo menos estivesse apaixonada... Berta, sim, foi minha oportunidade perdida de ter uma companhia estável, assentada numa amizade descomprometida. Foi sua chegada que me abriu para uma vida nova; foi sua morte que me levou ao abismo. Ela atravessou minha vida como um rio, dividindo-a em duas.

— Ana, você é maravilhosa — Carlos me diz a propósito de nada, dias antes de minha partida, quando chego a sua casa para lhe agradecer o que fez e visitar meus bichos. Temo que Rodolfo já não dure muito. Está velhinho demais para enfrentar o sofrimento provocado por toda esta mudança... O pior mesmo para ele é a ausência de Vera, a quem se apegou tanto.

AS CINCO ESTAÇÕES DO AMOR   175

Vejo as poucas coisas que Carlos corajosamente salvou do fogo. O retrato que Berta pintou de mim é uma delas. Carlos o arrancou da parede da sala quando entrou na casa uma segunda vez, para retirar o que lhe parecia mais valioso. O que não quero nem ver neste momento é meu revólver, que Carlos mesmo já escondeu. Da sala, resistiram ao fogo os jarros assim como as louças da cristaleira, que ele também me fez o favor de guardar.

Peço-lhe que me acompanhe numa visita à casa queimada. Não é masoquismo, quero enfrentar esta situação de olhos abertos. Tenho certeza de que depois me sentirei melhor. Não conseguimos impedir que Rodolfo nos siga. "Muito cuidado! Há partes em que o teto ainda pode cair", Carlos me previne, quando entramos nas ruínas, o que não me faz desistir de caminhar por quase todo o espaço da casa. No meu quarto, tropeço num grupo de filósofos, caído das caixas carbonizadas, desfazendo-se em cinzas, como suas histórias. É como se eu visse: a vanguarda do proletariado, a filosofia da história... Nada adiantam as previsões de decadência ou progresso. O imprevisível é possível e salta, oscilante e tortuoso, de caminho em caminho, deixando suas marcas sobre os rumos da história humana. Devo enriquecer minha teoria do instantaneísmo.

Na sala, os móveis, embora imprestáveis, são reconhecíveis. Há uma ponta de vermelho por baixo da mesinha de centro. É a estatueta chinesa que Berta me deu. Encontro também, intacta, a garrafinha com a terra juntada durante a viagem ao Jardim da Salvação. Já as cinzas de Berta se misturaram com as outras sem deixar qualquer sinal. São agora um nada, como o nada criado em mim. Penso na minha infância e na pequena cruz que, com as cinzas, o padre fazia na minha testa. Cinzas, emoções carbonizadas, volta ao pó. Que vida ainda pode nascer desta poeira de luto? Toco meus dedos nas cinzas que cobrem o chão, cinzas de minha casa, cinzas que deveriam ser de meu corpo, cinzas de minha alma morta e cinzas de Berta, e as espalho suavemente pelas pregas do meu rosto, como se fosse um ruge. Para aliviar a gravidade de meu gesto, comunico a Carlos em tom corriqueiro:

— Meu plano é vender este terreno e, com o dinheiro, comprar minha própria casa em Taimbé.

Carlos ri de minha máscara negra. Quando voltamos a sua casa, não basta que delicadamente ele limpe meu rosto com uma toalha molhada. Tal como Rodolfo, estou de alto a baixo coberta de cinza. Nos divertimos banhando Rodolfo com a mangueira do jardim. Quanto a mim, não posso sair assim, peço a Carlos permissão para também tomar um banho e aproveito para lavar a estatueta. Quando me despeço, ele ainda me pergunta se tenho certeza de que quero voltar para o interior de Minas, teria imenso prazer de me acolher "até *a cinza* se assentar".

— Não aceitei o convite porque não ficaria bem — conto mais tarde a Chicão.

— Você ainda tem pudicícias do milênio passado — ele comenta. — Mas também pode ficar comigo e Marcelo pelo tempo que quiser.

AS CINCO ESTAÇÕES DO AMOR

Finalmente me apronto para a viagem a Taimbé, que não visito desde meus vinte anos. A mudança me fará bem. Brasília são os riscos grossos da chuva na janela, os carros que passam barulhentos, a solidão na cidade grande, a morte, o desejo não correspondido, a angústia... E me lembro de histórias de um regresso ao ponto de partida, que significa a recuperação de valores perdidos, da honra, da dignidade, o reencontro com a verdade e com a pureza, a redescoberta do autêntico e da amizade genuína que se tece pelas calçadas e mesas de jantar da cidade pequena do interior. Com a velhice, chega um momento em que precisamos nos sustentar pelas nossas raízes. Zero, recomeço. Que das cinzas cresça um galho novo de mim — trêmulo, frágil, mas disposto a viver. Eis-me envolta num sentimento telúrico, a pensar que meu próprio sangue brotou de Taimbé e meu espírito foi soprado pelas montanhas que a circundam. Eu, que só bebo cachaça em caipirinhas, descubro as vantagens de ter acesso mais fácil à cachaça de Taimbé. Fantasio conversas na varanda com os amigos de infância e caminhadas pelo mato, respirando ar puro, ouvindo passarinho cantar, acumulando sabedoria e vivendo tranquilamente uma eternidade. Minha família é o útero que me aguarda. Quero estar próxima do túmulo de meu pai, ouvir as vozes da noite na cidade pequena, acordar cedo para ir ao mercado, até, quem sabe, voltar a assistir a uma missa no domingo.

Chego a sonhar com minha casa de infância. É festa de batizado de um de meus bonecos. Não reconheço alguns dos convidados. Carlos está lá, Paulinho e também

Regina. O batizado é de meu boneco Felipe, um boneco de louça que acaba de quebrar o pescoço e parece ter sido decapitado. Fico com a cabeça dele na mão, à qual ainda se prende a roupa do batizado. Vou ao jardim e tento enterrá-la. Os olhos de Felipe teimam em viver e me olham arregalados. Cavo então mais fundo no estrume cujo fedor me incomoda e, quando estou conseguindo fazer desaparecer Felipe dentro do buraco, os vizinhos me olham a partir de um prédio ao lado — prédio que agora é de uma superquadra de Brasília —, acham que sou culpada pela morte de Felipe, vou ser presa. Acordo com uma angústia danada, convencida de que um sonho forte assim não disfarça o quanto Taimbé está dentro de mim e o quanto preciso regressar.

Para minha surpresa, Formiga está animado para seguir comigo. Inicialmente minha ideia é que apenas me ajude a levar Rodolfo e os gatos, depois verei se é possível mantê-lo em Brasília, não quero que a mudança atrapalhe seus estudos.

Antes de partirmos, aceito sua sugestão de buscar o revólver na casa de Carlos para vendê-lo. Formiga consegue apenas cem reais pela arma e ainda me pede para ficar com o dinheiro.

É duro me separar de Chicão e de Berenice. São as duas pessoas de quem mais vou sentir falta. Peço a Carlos que guarde por enquanto minhas coisas, que um dia enviará para Taimbé. Rodolfo, Lia e Josafá seguem conosco. É uma viagem cara, com as despesas cobertas pelas minhas últimas economias, além de longa e cansativa, primeiro de avião até Belo Horizonte, depois

AS CINCO ESTAÇÕES DO AMOR 179

de ônibus para Montes Claros, onde Regina vem nos buscar de carro. Daí subimos a serra do Espinhaço até descer em direção às nascentes do rio Vacaria, onde já reconheço a paisagem de minha infância. Taimbé fica aqui perto.

Chego com minha pequena mudança, inúmeras providências práticas por tomar e a intenção de terminar os meus dias nesta terra. Reconheço o mercado e a Igreja de Nossa Senhora do Rosário. As ruas estão mais cheias de gente e de carros, o sol bate forte e faz muito calor. Mamãe ainda mora na mesma casa onde cresci, que agora me parece acanhada.

Em poucos dias, me torno uma atração do lugar, com direito a um espaço exagerado nas colunas sociais do *Diário de Taimbé*. Curiosos passam por nossa calçada só para me ver. Até estranhos vêm me fazer visita. Conversamos sobre Brasília, as safras deste ano e sobre quem nasceu, morreu, se mudou ou se casou. Parentes mais pobres, sem conhecer minha desgraça, vêm me pedir ajuda. Mamãe e Regina não falaram para ninguém de minha casa incendiada nem do motivo real de minha operação. Difundiram a versão — com minha conivência, é claro — de que sofri um acidente de carro.

Passo o dia imaginando como será possível uma vida sem outra ocupação senão a de ser simpática com estranhos e de cuidar da casa com mamãe e Regina, enquanto ouço recomendações sobre como ser ou deixar de ser. Sinto falta de um bidê no banheiro minúsculo, que ainda tenho de dividir com Regina. Guardo meus cremes no armário do quarto. Parte destes problemas cer-

180 JOÃO ALMINO

tamente se resolverá quando tiver minha própria casa. Sou convidada para assistir a uma vaquejada, passo um fim de semana na fazenda de uns primos afastados, sinto o ar fresco das montanhas e aprecio a vista das encostas leste da serra do Espinhaço. Gosto do clima nesta época do ano, da qualidade da água e da cachaça, dos doces de frutas, cheiros da feira e até do fedor das bostas de cavalo nas ruas. Tudo como previ.

Este namoro com a terra dura pouco. Passadas duas semanas, só não estou inteiramente apática porque começo a sentir falta dos meus papéis, o que me inquieta. É como se não conseguisse viver sem eles e se a vida que queria jogar fora continuasse aqui, teimosa, com fome de palavras. Até retomo a ideia do relato. Seria agora outro, totalmente diferente, centrado na história de uma criança velha, eu mesma, que se revolta porque o mundo mudou em seu redor. Compro papéis, que levo de um lado para o outro e permanecem em branco, como na época do bloqueio que me provocou rasgar meus escritos acumulados para compor o livro de pedra.

Crescem a falta, a ausência... Ausência de não--sei-o-quê, de não-sei-quem. Ausência de Berta, que regressou a Brasília para me provar que sou incompleta, que não sobrevivo sozinha e também quão efêmero teria sido aquele meu livro de pedra. É de tudo o que aconteceu comigo desde que Berta anunciou sua chegada que deve tratar meu novo escrito.

Pela primeira vez sinto também falta de Carlos. Penso ter perdido uma oportunidade de uma amizade que teria algo de novo a me ensinar; que me faria trans-

AS CINCO ESTAÇÕES DO AMOR

por alguma fronteira. Estaria alegre se revisse sua face, ouvisse sua voz compassada ou uma risada sua.

— Que é que você tem? — Regina me pergunta, ao notar que ando avoada.

— Nada — respondo, disfarçando com dificuldade minha tristeza. — Não posso ficar aqui com vocês pra sempre, não é? Tenho de cuidar da minha vida.

Um dia Rodolfo amanhece vomitando. Só há um veterinário na cidade. Está no campo, cuidando de cavalos. Quando chega, não há mais jeito. Pelo visto Rodolfo foi envenenado. Fazemos o enterro no terreiro da casa. Já teria sido o quarto de que tomo parte no intervalo de um ano se também tivéssemos feito um para o meu gato Leo. Escrevo a Carlos, contando de meu cotidiano e dando a triste notícia.

Duas semanas depois, no dia do meu aniversário, ele me telefona, dando os parabéns. Sente saudades de mim. Vai criar coragem de dizer o que gostaria de ter dito há muito tempo. Quer que eu seja sua namorada, me diz assim simplesmente, desde que o namoro seja curto. Quer mesmo é me pedir em casamento. Vai num crescendo, até declarar que seria capaz de vir me buscar imediatamente. Minha partida tinha deixado nele um enorme vazio.

Lembro-me da rosa vermelha que me deu há um ano, das pétalas frágeis contra seu torso musculoso, colhidas para mim, naquela tarde em que as nuvens vermelhas subiam pelo céu me interrogando. Desde então tudo o mais foi desvio, eu teria tomado um atalho para a felicidade, penso, se tivesse soltado meu lado Diana naquela tarde.

Desta vez não recuo diante do imprevisto. Ao contrário, sei aproveitar no ato e plenamente o que me chega de surpresa. Passei anos vivendo aquele tipo de amor faminto, filho da pobreza, descrito por Diotímia no *Banquete* e comentado numa passagem que é parte das cinzas da minha biblioteca, amor fadado à busca incessante do que lhe falta e, portanto, à posse e ao sofrimento; um amor à procura do bom e do bonito, que nunca os atinge, pois o que consegue sempre lhe escapa. É chegado o momento de amar o acessível.

— Se eu ficar aqui mais um mês eu morro — respondo a Carlos, com sinceridade.

Não preciso pensar, é como se o conhecesse desde sempre, viver com ele não é apenas possível, é a melhor coisa que me pode acontecer.

Não sei se é Diana que concorda comigo ou se concordo com ela, se o que vale é meu nome de escolha ou o que está no papel, não sei qual de nós duas é mais ousada, qual a mais ponderada, dividimos irmãmente a razão e o coração. Tenho de ser eu mesma, inteira, completa, conciliando minhas divisões, me armando contra a morte, a favor da vida.

Quando Carlos chega a Taimbé, tremo por dentro com o beijo amoroso e o abraço demorado que me dá. De tanta emoção, verto lágrimas. Estou disposta a renunciar a tudo, até a mim mesma, por vontade própria, por querer renunciar. Quero amar sem contar com a reciprocidade. Será um princípio de amor me sentir assim? Amor tem lá princípio! Ou será que quero apenas alguém que possa deitar-se a meu lado e me fazer

AS CINCO ESTAÇÕES DO AMOR

companhia? Com quem possa conversar sobre as plantas do cerrado? Que me mostre as borboletas? Que me descreva o céu e aponte o Cruzeiro do Sul? Que pegue o violão e cante, para mim, bossa nova e músicas de Nelson Gonçalves? Que me dê notícias sobre o que está acontecendo no mundo, me traga flores e me declare que somos almas gêmeas...

Dizem que não se ama por querer amar, que o amor vem por seus próprios caminhos, independente de nossa decisão, que ele chega sem aviso prévio, mas eis que quero amar, me soltar com Carlos, ser carinhosa com ele. Como se eu estivesse para pular de um trampolim, o impulso inicial é meu, eu é que decido se salto ou não, ninguém me empurra, nem caminho para lá feito sonâmbula sem saber para onde vou. Minhas pernas não me enganam, nem estou inconsciente. Caminho até a ponta do trampolim porque quero; pulo por vontade própria, não por um desejo ou uma atração incontroláveis...

Chego na ponta do trampolim e pulo, pronto. Quero cair em queda livre e sei que a gravidade me vai levar para baixo. Que de nada adiantará tentar reverter o curso quando eu estiver em pleno ar. Aqui vou eu me jogar, cair livremente de amor e no amor. E se estiver sozinha nesta queda livre? E se Carlos se assustar e fugir? Será que não são minha distância e frieza que o seduzem? E mesmo que pense gostar de mim, o que acontecerá quando vir as feridas de minhas queimaduras e as minhas cicatrizes e pensar em quanta insanidade guardo dentro de mim?

Não sei como lhe dizer que é o medo dentro de mim que o quer. Que é o meu cansaço que procura seu ombro. Que é a solidão dentro de mim que se sente atraída, como um ímã, pela sua solidão. Cada pedaço de mim, meu afeto e minha desgraça, as desilusões e a esperança, a criança que amava Paulinho, meus pecados e minhas virtudes estão à sua procura. Será amor essa tentativa de obter a amizade de alguém que me atrai por sua bondade e beleza?

Refaço, então, minha teoria do instantaneísmo. As coisas evoluem em muitas direções, mas há momentos em que um conjunto delas se apresenta harmoniosamente a uma perspectiva inesperada. Às vezes, olhando numa direção nova, a gente descobre que a confusão se arruma. Há coisas demais no mundo, e sempre é possível encontrar um jeito de juntá-las numa forma dada. E uma só coisa são muitas. Como uma vez vi numa exposição, a mesma escultura tinha aparência radicalmente distinta segundo o ângulo do qual era possível vê-la. Temos certeza apenas do que vemos daquele ângulo, naquele instante, que também se tece com ilusões, memórias e vidas imaginadas. Pois bem, eu antes era indecisa e achava que só valia a pena interrogar. Tudo eu queria desfazer. Agora me recuso a pensar que tudo é nada. Perco a certeza de que é melhor viver de perguntas e indecisão, prever que tudo é imprevisível, determinar que tudo é indeterminado. Ao contrário, tudo pode ser afirmado na eternidade de um instante, quando recomponho o todo de um determinado jeito. Tudo, o todo.

Que se analise o instante pelo ângulo que são todos ao mesmo tempo, para enxergar sua forma clara e cristalina.

Não acredito mais em aproveitar o instante para negar o fluxo do tempo. Prefiro uma acomodação emocionada, uma negociação sofrida com a adversidade, a coragem de continuar abrindo picadas pelos cerrados da existência, em vez de abandonar tudo com a esperança de encontrar o paraíso. Pois o paraíso foi esfacelado e seus restos estão perdidos na poeira do tempo, apenas topamos com migalhas dele aqui e ali, que podemos coletar, como *objets trouvés*... Quero abraçar cada fragmento da existência e não um todo vazio, descobrir a possibilidade que se esconde em cada coisa inerte, em cada vida, em cada movimento, possibilidade de construir e reconstruir com o que está aqui, em vez de procurar pelo que não existe nem pode existir.

Por todas estas razões decido dizer sim — ou talvez *estas razões* sejam a consequência e não a causa do meu sim. O casamento é realizado aqui mesmo em Taimbé, na Igreja de Nossa Senhora do Rosário, para satisfazer a mamãe. A cerimônia é assistida por ela, Regina, alguns parentes e amigos da família, além de uma multidão de curiosos.

Apesar de Carlos convidar Formiga para vir conosco para Brasília, ele prefere ficar. Para minha surpresa, criou gosto por Taimbé. Em Brasília seus estudos já rolavam ladeira abaixo, e, como foi possível conseguir vaga numa escola de Taimbé, penso não ser má ideia que faça companhia a mamãe e Regina.

Chegando a Brasília, Carlos e eu nos casamos no civil, na presença de Chicão e Marcelo — padrinhos pelo meu lado —, Tatá, Cássia, Vera, Luís, Berenice, a irmã de Carlos, que mora em Brasília e só então venho a conhecer, um casal de ex-colegas de Carlos na Biblioteca da Câmara — padrinhos do lado dele —, além de Cleuza, a louca do gato morto, que não pude evitar que aparecesse, depois da indiscrição de Carlos sobre a realização do casamento quando levou Lia ao veterinário.

No meu primeiro dia com Carlos, no terraço de sua casa, de nossa casa, esta paisagem talvez seja parecida com outras tantas que já vi, mas os céus que viajam agora pela superfície do lago e nele se miram estão coloridos de alegria. É sinal dos meus novos tempos. Estou aqui no sossego que jamais tive, com meus dois gatos e Berenice, observando a bela tarde de outono.

Olho para trás e o que vejo é uma verdade óbvia: nada é fácil na vida, nem o amor, que precisa ser construído; há alegria ao lado da tristeza, gozo junto da dor; é preciso distância para perceber a forma que a vida vai tomando à medida que se tece pontilhada, rendilhada, numa superfície que jamais é plana, que se move com o vento e com o que ela cobre, que espelha o que a sobrevoa... Como o lago Paranoá à minha frente — crespo, enrugado e cheio de reflexos os mais diversos.

Minha Taimbé está mais aqui do que na própria Taimbé: *em seu estar-se tão fluente, de Minas,/ onde os alpendres diluentes, de lago./ No cimento de Brasília se resguardam/ maneiras de casa antiga de fazenda...* Sou planta rasteira, que vai fuçando a terra na busca de novidade, e

AS CINCO ESTAÇÕES DO AMOR

criando raizinhas com a cabeça à medida que se espraia. No Plano Piloto as raízes voam e batem asas como borboletas. Quem garante que não sou artificial como Brasília? Taimbé é aqui, no meu encontro com Carlos. Minas está na varanda desta casa, onde Carlos e eu somos namorados de cidade do interior. Importa mais onde a gente está do que para onde a gente vai e de onde a gente vem.

Quando digo a Berenice que a Taimbé que me interessa está todinha na minha cabeça e essa não quero estragar, ela não me entende. Para ela é como se nunca tivesse saído do Ceará, e o Ceará é só lá, não pode jamais estar noutro lugar.

— Pois eu sinto saudade de minha terra, dona Ana. Sabe, mesmo Ipiranga ainda quero ver antes de morrer — ela diz.

Um dia ainda me deixa, acaba voltando para o Ceará.

Já eu, sem sair daqui, tomo a pulsação da Terra e aprendo a surfar sobre as ondas que não param. Surfar para equilibrar-me, para sobreviver. O mundo gira, gira, e não sou eu que vou sair correndo atrás dele. Carlos foi quem sacou a sabedoria desse ritmo mais lento.

Não mudo nada da casa dele, a não ser as cadeiras com forro de veludo, substituídas pelas de palhinha. Sinto-me bem neste recomeço de vida, mais seco e econômico. Carlos me acha linda, me adora, não há dia em que não me traga um presente, coisa simples, como mais uma rosa vermelha do jardim, símbolo do amor, que é rosa de muitas estações. Dormimos juntinhos, abraçados, o que às vezes desperta seu desejo às altas horas da madrugada, e nestas horas é também uma flor que está presente, pois ele vê meu sexo como uma flor, uma flor que nesta estação sinto fechada em seu pudor sincero, mas que se abre, tímida e seca como as flores do cerrado, para o jardineiro extremoso que desflora o tronco de minha árvore, galhos subindo pela escuridão. Uma noite tenho um pesadelo e grito, apreensiva, acho que alguém no quarto quer me matar. Carlos me acalma; me dá tranquilidade e segurança.

Querer a felicidade é viver na angústia de não a atingir. Mas ela pode chegar. Que outro nome dar ao que sinto, com Carlos me cercando de atenções? Por amar o que tenho, não o que me falta, ouço um eco desta felicidade quando vejo Carlos, quando o toco, quando sinto seu cheiro ou reparo na expressão de seu rosto. Faço repousar minha angústia sobre um ombro amoroso. O amor é uma alegria serena e compartida. Somos errâncias afins, que se encontraram e se reconheceram. Estou começando pelo fim, ao que os melhores casamentos podem aspirar depois de muitos anos e muito trabalho. Não à paixão. À possibilidade de amizade com carinho, amizade aberta ao desejo. Amo amar, e tudo cabe e caberá dentro do amor que sinto, mesmo as raivas, tristezas e ciúmes. Em pouco mais de um ano, como o tempo passou!

Contudo, sinto o vazio deixado por Berta, que jamais será preenchido. Vem-me novamente a ideia de escrever sobre o que ela provocou em mim, com sua chegada e sua partida. Sem ela, não teria, ao longo deste ano, reencontrado alguns de meus velhos amigos, nem mesmo Cadu. Sem ela, não teria descoberto a verdadeira amizade, essa que busco agora realizar, ainda mais completa, com Carlos. Foram a desgraça de sua partida repentina e brutal e suas consequências que me levaram definitivamente a Carlos.

Também me dói a falta de Rodolfo. Pelo menos Lia e Josafá sobreviveram a tudo. Estão comigo mesmo quando não estão, pois fogem para passear como sempre. É da natureza dos gatos. Nunca foram domesticados pelos homens, eles é que nos procuraram para uma convivência amigável e de interesse mútuo. Assim, Lia e Josafá me visitam de vez em quando no terraço, vivendo livremente em seus mundos de gatos. Às vezes andam pela casa incendiada, chegam manchados de cinza.

Eu é que não consigo sequer olhar para o lado sem me lembrar que um pedaço de mim foi embora. Decidimos que vamos vender meu terreno e também a casa de Carlos e vamos, os dois, nos mudar, comprar outra casa, aqui mesmo em Brasília, se possível também com vista para o lago. O que não quero é ver diariamente, na direção do sul, o local de meu erro.

Nem tudo neste lugar são más lembranças. Uns dias atrás, Carlos me leva à sacada da casa. Passadas as chuvas, finalmente uma paisagem limpa, de cores uniformes, traços definidos. Uma lua diurna, quase cheia. Alguns pássaros voando, sobre uma manhã muito azul, de um azul liso e lustroso, desses que só existem aqui, depois que as nuvens despencam, lavando o céu. Lá embaixo, rosas de todas as cores e, sobre elas, borboletas, parecidas com as do cemitério. Poesia barata, cruzada pelo rato meu conhecido, que corre pelo canto da calçada, sobrevivente e desabrigado. Carlos aponta para um pequeno buraco na parede. Como este, há mais dois, feitos pelas balas perdidas, as que atirei no bandido que tentou invadir minha casa.

E aí ele me mostra as próprias balas, que guardou só porque vieram de meu revólver. Rio, rimos muito, gosto de rir junto com Carlos, o riso nos aproxima, como me aproximou um dia de Eduardo, mas agora será diferente, Eduardo é a pré-história, estou mais madura, o tempo me acalmou... Carlos guardou as balas como lembrança da noite em que me acompanhou até em casa. Depois daquela noite, ele me diz, não saí mais de sua cabeça. Naquela altura ele não imaginava que poderia um dia estar comigo a seu lado. E mesmo quando, mais tarde, achou isso possível, quase desistiu de mim, tinha certeza de que não me interessava por ele, "mas não se deve pendurar as chuteiras só porque não se marca um tento. A prova é que estamos hoje aqui", me diz, enquanto me envolve com os músculos de seu tronco e me beija com carinho.

O destino parece querer tripudiar sobre nós, mas Carlos e eu estamos decididos a resistir. Primeiro chega uma conta de seis mil reais para Carlos pagar. Ele avalizou um empréstimo contraído por Berta em nome de Helena. Foi na certa o dinheiro que ela usou para comprar sua identidade de Mona Habib. Depois que Berta saiu de minha casa, lhe implorou que assinasse os documentos. Ela não tinha a quem mais pedir, estava tentando se estabelecer sozinha...

AS CINCO ESTAÇÕES DO AMOR 191

Outra conta é a da pensão onde Berta estava registrada com o nome de Helena. Para pagá-la, fizemos uma vaquinha entre os inúteis. Lá foram localizadas as roupas de Berta, que pedi a Berenice para doar, e a pasta com os documentos de Helena.

O pior ainda está por acontecer e vai trazer mais luz sobre o assassinato de Berta. São dez e meia de uma noite de ar puro. O brilho das estrelas e da lua em quarto crescente me encandeia. Proponho a Carlos um passeio a pé, me lembrando das caminhadas com Berta, ela com as mãos na cintura, requebrando na minha frente e de Vera, pedindo nosso conselho sobre a medida certa para seus gestos de mulher.

Vamos, Carlos e eu, à beira do lago Paranoá. Estou radiante e há um momento em que ele me toma nos braços e rodopiamos, o mundo girando num carrossel de alegria. Quando estamos chegando em casa, alguém me grita, me apontando o revólver:

— É a hora de você pagar a conta, sua puta!

Reconheço o cafajeste com quem um dia me defrontei. Para alguma coisa além de me abraçar servem os músculos de Carlos, que consegue segurá-lo e torce seu braço; ele se vê obrigado a soltar a arma no chão. Instintivamente apanho-a, tento mirar no sem-vergonha, é arriscado atirar, ele e Carlos estão atracados, ele joga Carlos no chão, vejo Carlos manchado de sangue, o canalha vem na minha direção, aviso que não se aproxime, ele nem liga, continua vindo, então dou um primeiro tiro, acerto-o na altura do peito, dou um segundo, outra vez acerto-o, é como se seguisse com toda a segurança a direção da bala, como se tivesse controle sobre ela, não erro pontaria, o terceiro tiro fere-o na cabeça, ele cai, dou um quarto, talvez fatal, bem de perto, também na cabeça, e, por fim, com o cano do revólver no ouvido do patife, revejo num flash minha tentativa de suicídio e dou mais um, o último e quinto tiro. Felizmente Carlos tinha sofrido apenas ferimentos superficiais.

Não aparece ninguém para ver o que aconteceu. Um silêncio mais que comprido, infinito, absoluto, como se não houvesse ninguém em Brasília e fosse o fim do mundo, o lago plácido à nossa frente, riscado pelo reflexo das luzes, e nós dois diante de um cadáver ensanguentado. Estou cansada dessa realidade que teima em invadir minha tentativa de ser feliz ao lado de Carlos. Vejo o sangue escorrendo da cabeça do desgraçado, não há problemas morais envolvidos, faço um profundo e instantâneo exame de consciência, e minha consciência está tranquila como nunca, tranquila como o lago agora, tranquila como o céu estrelado, como aquele pedacinho de lua, parado em sua brancura. No acerto de contas comigo mesma, minha alma está limpa como o ar que respiramos nesta noite.

É o momento de pôr à prova minha teoria do instantaneísmo. Analisando o instante por todos os ângulos, enxergo sua forma cristalina. A aparência presente é a verdade. É como se o instante fosse físico e palpável, como se o visse e o tocasse. No instante tudo se esclarece, como se eu tivesse encontrado o ângulo perfeito para juntar todos os fatos da história. Olho, neste instante, e

AS CINCO ESTAÇÕES DO AMOR   193

vejo com os olhos abertos como nunca estiveram. Esta é a cidade do zero, a cidade do vazio, me lembro da conversa na reunião dos inúteis.

— Ele está vivo, o desgraçado. Está rindo. Ouvi o riso dele — digo a Carlos, um riso alto e metálico que retiniu sobre o lago.

— Não — responde Carlos.

— O canalha ainda está vivo, sim.

— Você está fantasiando, o sujeito está mortíssimo.

— Não, não é alucinação, estou vendo tudo com muito mais clareza, com uma clareza de que há muito tempo não era capaz, de que na realidade nunca fui capaz — digo. O lago é um espelho, um espelho de verdade, liso, liso, uma lâmina de gelo em que posso deslizar de patins. — Quando o som bate no lago, salta, repercute no ar, se amplia e chega fácil a nossos ouvidos.

— Não estou ouvindo nada — diz Carlos, que não me entende porque não tem minha lucidez.

Então um medo brabo me provoca calafrios. Vou morrer de tanto pavor e tremedeira; meu coração vai parar. Meu suor é gelado, estou pálida, meio tonta.

— É baixa de pressão — diz Carlos.

Começo a chorar, chorar alto, copiosamente, é o meu fim, é o fim do mundo, sabia que tudo ia dar errado, o cretino balbuciou de novo "você vai pagar caro".

— Entenda, o sujeito está morto — Carlos repete, como para me tranquilizar.

Leva-me até a cama, me cobre com o lençol, depois traz sal, passa-o pelos meus lábios.

— Você vai se sentir melhor.

Enquanto repouso, telefona para a polícia.

Não sabia ainda que o revólver que disparara no desgraçado era meu. Formiga tinha lhe vendido ou até lhe dado, isso não sei bem e é secundário diante da gravidade de seu envolvimento com o bandido.

Não decidi o que fazer com meu sobrinho. Por enquanto, acho melhor que fique mesmo lá por Taimbé. Prefiro não revelar seu paradeiro. Ainda confio que um dia se recupere e seja um bom menino.

Sim, porque, desde que as histórias se cruzaram, a polícia está em seu encalço e no de Pezão, que se encontra foragido. Berenice me diz, aos prantos, que extraiu uma confissão do filho:

— Roberto Carlos não é culpado.

Pela primeira vez a ouço chamá-lo por seu verdadeiro nome.

Bomba grande demais para eu desarmar! Talvez o próprio Pezão, quem sabe até mesmo Formiga, estivessem por trás da tentativa de assalto a minha casa. Mas o que é isso diante da monstruosidade que, no mínimo, deixaram cometer?

Não vou julgar ninguém, não quero ser injusta. Não escapo, estou errada de um jeito ou de outro; se entrego Formiga e também se minto. Posso, sim, evitar errar ao quadrado. Não vou proteger Formiga e incriminar Pezão. Os dois se merecem, valem a mesma coisa, um pior do que o outro. Não, na verdade Pezão vale mais, pelo menos tenta arranjar trabalho, Formiga nunca fez nada na vida.

AS CINCO ESTAÇÕES DO AMOR 195

— A culpa é minha — digo a Chicão. — Eu é que não tenho sabido educá-lo. Por comodidade. Por querer parecer liberal.

— Não. Você não é responsável pelo que ele faz. É adulto, dono de seu nariz. Veja o exemplo de Vera. É uma menina bem-educada — diz, sem conhecer os problemas que tive com ela. — E você deu a mesma educação aos dois.

Tenho agora uma nova versão do instantaneísmo, ainda menos cética e relativista. Continuo acreditando que a realidade é o instante presente, mas qual presente existe sem a dor da ausência? O próprio instante coleta o que restou, ressuscita o que morreu, faz previsões e, lá num canto, deixa que brilhe uma estrelinha minúscula, chama sobrevivente e teimosa que não é mais do que uma atitude serena diante do destino. Virei cética em relação ao ceticismo, pessimista sobre o pessimismo. Em vez de ter esperança, tento sempre, não abdico do esforço de encontrar uma bela veste para a incerteza. O presente de Chicão — a Nossa Senhora da Esperança — está, aliás, em repouso sobre uma prateleira da sala, do lado da estatueta chinesa que Berta me deu.

Não faço aqui uma narrativa das palavras que salvei, das que eliminei nem das que escrevi para substituir as que jogava fora. O essencial não está no diário que destruí nem no relato perdido mais tarde na catástrofe, mas sim no que conto agora. Este meu monólogo é mais verdadeiro, não só por ser mais espontâneo. É que a sabedoria vai se decantando à medida que as palavras que

JOÃO ALMINO

a carregam no rio do tempo vão mudando de ambiente, até se aquietarem nas profundezas do oceano.

Com as palavras que junto aqui, salvo o espírito do meu relato, que era só um desejo: este desejo de dizer o que penso no instante mesmo em que penso, o relato sendo só a realidade deste instante, nada mais. Ele é definitivo não porque substitui todos os outros, como eu quis um dia, mas porque é precário; quando termina, é inteiramente o passado deste instante e pode ser guardado intacto, como um retrato, para sempre. Como a tarde lá fora, como o sol que entra pela janela, como a presença de Carlos. Não haverá outro momento igual. Este é um instante inesperado da minha escrita, ao qual me entrego toda. Diana me guia. Solta minha língua enrolada, libera minha fala na tinta desta caneta ansiosa. É decidida, arbitrária. Detesta o silêncio. Vive no barulho do mundo, o oposto de mim. Junta frases, sentidos, sem escolher palavras.

O texto definitivo, vivo e único, que resume tudo, e que é o instante presente, não pode ser um zero. É tudo, um todo que se refaz em todo, que nada abandona, que incorpora o que pode ser recordado, embora admita o esquecimento; que existe no caos do ruído e nos brancos silenciosos. É um hipertexto que se recria a cada instante, com palavras sopradas por Deus, que se perdem pelo meio das cinzas e só são encontradas após muito esforço.

Não duvido que eu ainda viva por muito tempo. Meu retrato enquanto velha, único de meus poucos objetos a me acompanhar, recebeu uma pátina de fumaça, uma transparência diáfana, que amainaram minhas rugas e apagaram a fenda que separava Ana de Diana. Minha cara se transforma quando olho para este retrato. Os anos desenharam muitas pregas em meu rosto, não as mesmas que Norberto pintou; outras, feitas com mais profundidade e amargura. Só que, de repente, me sinto mais leve e mais jovem. Sou, finalmente, meu verdadeiro ser, despojado das impurezas, dos excessos e do peso dos anos. Caíram minhas máscaras. Percebo o que aconteceu: a imagem de Diana se fundiu com a de Ana, produzindo este novo retrato. Apesar de tudo o que sofri e ainda sofro, volto a nascer, não do zero, porque descobri que mesmo uma nova vida não começa do zero. Mas o velho nela rejuvenesce. Sou também o que fui e o que deixei de ser.

Olho atrás do retrato: o fogo queimou o papel que preguei aqui, o do sonho que há décadas tive com Cadu. Restam as marcas carbonizadas do desejo. Acaricio-as com minhas mãos, que ficam negras de cinza. Depois esfrego as mãos no rosto, para que a cinza penetre em minhas rugas, como fiz no dia em que visitei minha casa incendiada. Carlos vai achar engraçado me ver com esta máscara negra, nem Ana nem Diana.

Sobrevivi ao hedonismo da juventude e à castidade da idade madura, ao egoísmo heroico, à falta de dinheiro e de alegria, à depressão. E estou disposta a viver muito mais.

Carlos tem razão, a vida é como um jogo de futebol. Só que com muitas traves diferentes. Há que tentar sempre meter gol em cada uma. Não desistir nunca. Ou

198   JOÃO ALMINO

talvez não haja gol algum, apenas um campo circular onde driblamos os adversários, os satanases que nos infernizam, para seguir vivendo. Sou uma náufraga que ele salvou e trouxe a bom porto, com meus gatos e Berenice. Ou será conto da carochinha? Às vezes temo que abandono uma ilusão por outra e então penso no sonho aterrorizador em que Carlos aparecia como o policial que vinha me prender.

É temor passageiro. Carlos é mais do que Paulinho; não é um sonho de infância. Não é perfeito como as reconstituições idealizadas do passado ou as melhores faces do futuro. É quem tenho agora, com as imperfeições que todo presente contém. É quem, não só com espírito, também com carne e osso, preenche o vazio deste instante prolongado que descrevo. Quero Carlos da forma como não sinto falta dele, o Carlos contra quem nem a morte, nem a angústia, nem o nada podem; que é indestrutível e eterno. Apesar da morte. Apesar do tempo. Deve ser porque o amor não me veio, eu é que fui a ele.

Berenice me diz que Pezão mal conhecia os dois rapazes que tinham seguido Berta à saída da boate, no começo parecia só uma brincadeira. Pezão e Formiga tinham tentado evitar o crime, praticado só por aqueles dois. Um deles era Fefé, o bandido preso. O outro era ainda mais perigoso e tinha ameaçado Pezão de morte — ainda bem que eu tinha feito justiça, matando-o. Formiga tinha presenciado tudo, "e presenciar não é crime, dona Ana"; Pezão, nem isso, tinha saído bem antes.

Melhor tapar meus ouvidos. Sobretudo não quero ouvir que Berta foi morta a tesouradas. Mais de sessenta. Por que Berenice não me poupa destes detalhes? Por que haveria de querer saber que o bandido que matei tinha comentado que ia "desovar o presunto num bueiro"? Aqueles nojentos, diz Berenice, tinham sugerido, mais de uma vez, pegar Berta na saída da boate, a ideia não tinha sido nem de Pezão nem de Formiga, coisa nenhuma.

— Meu filho errou, mas não é criminoso — me repete —, e a senhora pode ter certeza de que, se cometerem a injustiça de prender Pezão, ele não vai entregar Formiga.

— Eu te amo — Carlos me diz, ao confortar-me com um abraço, e me emociono com estas palavras simples, que não ouvia há tanto tempo.

— Eu também te amo — respondo com sinceridade.

Quero o absolutamente simples, que me acalenta, meu olhar sereno sobre a cidade que escolhi, a caminhada pela orla do lago Paranoá que sugiro agora a Carlos.

As cidades mudam com o tempo, à medida que se tornam familiares. Não me sinto mais estrangeira em Brasília. Tenho outros olhos e outro coração para as paisagens de sempre. A cidade já não me assombra, e as esperanças que à revelia me gera estão ao alcance da mão. Ela é minha, com seus vazios, sua frieza e sua solidão. Virei íntima de seu ar empoeirado e seco, da uniformidade de suas entrequadras, de seus longos eixos sob o céu gigante.

A cidade dos dês, como se diz, já não é a cidade do deslumbramento, da desilusão, do desespero, a cidade do meu divórcio. Não é a cidade da demência. Não sou demente só porque voltei a gostar desta cidade. Brasília deixou de ser minha prisão voluntária. É a cidade de Diana, caçadora de ilusões; de sonhos perdidos entre paisagens de desolação. Porque amo amar, quero viver neste espaço em que a visão do futuro foi preservada entre fósseis e os artifícios deste novo milênio. Construir uma cidade do nada é uma aposta pela vida. Quero viver na fronteira que avança sobre o imenso vazio. Reconstruir-me pelas cinzas.

Estou em estado de graça perante o destino, talvez por causa do novo outono, que vejo no azul violáceo dos jacarandás, ou porque Carlos já me espera na varanda de casa, pronto para o passeio. Quero receber no rosto o sol quente. Embriagar-me no excesso de luz que projeta uma sombra de sonhos. Minhas dores passageiras, se são, por um lado, tão terríveis e cruéis, estão curando outra, insistente e chata como uma enxaqueca, a da minha tragédia cotidiana.

Vejo o céu imenso na minha frente, lá do outro lado do lago, por cima dos prédios dos ministérios, onde um sol enorme e vermelho me cega a vista. Lembro-me do dia em que, após receber a carta de Berta, seguia pelo Eixo Monumental de carro, a caminho do apartamento de Chicão. Foi um céu assim que vi naquele dia. Levanta-se a mesma nuvem de interrogação, desta vez refletida no lago e ainda mais vermelha.

Faz pouco mais de um ano. Lembro-me da carta de Norberto, do rosto de Carlos ao me oferecer uma flor naquela tarde quente, do revólver que eu trazia na bolsa, de um sonho horripilante e sangrento. Ao descobrir que o instante não é uma medida uniforme de tempo, decido me transpor para aquele instante crucial, montar-me nele, livremente me deixar levar por ele e descrevê-lo num presente contínuo, como uma câmera alerta que não se desprendesse de mim.

Fortuna crítica sobre
As cinco estações do amor

"O amor romântico — aquele que movia Romeu na direção de Julieta — não é mais possível? Essa é uma das perguntas que Ana, a narradora do romance *As cinco estações do amor*, se faz. Provável que o substituto de nossa era seja a amizade com sexo e uma pitada de afeto. É preciso desidealizar o amor, essa a prerrogativa do livro de João Almino. Que ele cite João Cabral de Melo Neto na epígrafe é indício certo do quanto há de secura em sua investida. João Cabral diz: 'viver/ a agulha de um só instante, plenamente'. [...] Sem arroubos, a literatura de Almino é feita de inteligência e argúcia, apurada."

Paulo Paniago, escritor, professor e jornalista. — "Jogo com traves". *Correio Braziliense*, 10 jun. 2001.

"Com um verdadeiro trabalho de ourivesaria no texto, o autor afirma ser fã incondicional de Machado de Assis, Clarice Lispector, Graciliano Ramos e Lima Barreto, sobre quem declara que, 'apesar das imperfeições, o texto tem enorme força e uma grande ousadia'. [...]

É a primeira vez que Almino mergulha com intensidade no universo feminino, mas o faz com tamanha fluidez que seus leitores (e leitoras, claro) devem se perguntar como entende tão bem a alma de uma mulher, transitando com naturalidade pelas angústias e questionamentos de sua protagonista [...].

Aqueles que leram os dois romances anteriores de Almino vão encontrar em *As cinco estações do amor* personagens que perpassam as histórias [...].

É a angústia de fim de século e de milênio que Almino consegue captar e traduzir no novo romance."

Claudia Barcellos, *Valor*, 11 jun. 2001.

*

"É um estilo necessário na atual ficção brasileira."

João Gilberto Noll, escritor. — *Jornal do Brasil*, Caderno Ideias, 16 jun. 2001.

"A forma de narração é mais linear nesse livro do que nos outros. E o tom, antes zombeteiro, agora é tingido de melancolia, o que se torna adequado ao enredo [...] João Almino, porém, reserva surpresas ao leitor [...] Em *As cinco estações do amor*, todo o peso das frustrações e esperanças dos personagens é posto não mais em grandes projetos e ideologias, mas nas muitas tramas possíveis do amor, da amizade e do sexo. Se existe revolução possível, estará ela na intimidade? Essa parece ser a ideia — ou a polêmica — por trás desse belo romance, que só na superfície é convencional."

Carlos Graieb, "*As cinco estações do amor*, de João Almino", *Veja*, 4 jul. 2001.

"A ausência de saída pessoal ou coletiva — o que, simbolicamente, é representado pela reverência que os antigos companheiros prestam à memória de Helena, a companheira que partira para a luta armada no começo de 1970 e é dada como desaparecida — marca a visão de mundo dos 'inúteis', todos agora ao redor dos cinquenta e poucos anos, assim como marcou a geração de Eça de Queiroz, incapaz de reagir ao Portugal medíocre de seu tempo que o liberalismo nacional havia construído. [...]

Com *As cinco estações do amor*, João Almino, fiel às nossas mais caras tradições literárias, mas sem deixar de ser moderno, reforça a posição que já alcançara com os dois livros anteriores: a de um dos melhores romancistas de sua geração."

Adelto Gonçalves, doutor em Letras pela USP e autor, entre outros, de *Gonzaga, um poeta do Iluminismo*. — "Pesadelos brasileiros no cenário da capital da República", *O Estado de S. Paulo*, 7 jul. 2001.

"O escritor retoma [...] algumas de suas obsessões: a passagem inexorável do tempo, a tensa relação humana, a reconstrução da memória individual (que é também coletiva) [...] Contrariando certa corrente da literatura contemporânea que se limita a descrever situações, Almino pertence à estirpe daqueles autores que expõem e examinam os estados de alma dos personagens, amplificando as possibilidades de apreensão e reflexão sobre o fato narrado."

Luiz Ruffato, escritor. — *Folha de S.Paulo*,
Guia da Folha, 27 jul. 2001.

"A emancipação feminina, a liberação sexual e a crescente violência urbana são o pano de fundo para a história de Ana, uma emancipada que sonha ser audaciosa e destemida.

Para cumprir um antigo pacto firmado entre os amigos de juventude, ela organiza uma festa de celebração à virada do milênio. Pouco a pouco, os amigos chegam e inicia-se o inevitável balanço de vida. [...]

Almino traduz com sensibilidade as angústias de Ana, mulher como tantas outras, obrigada a uma atualização perene de costumes. O livro trata de pessoas comuns, que vivem à espreita do eterno recomeço. Também fala dos vários tipos de amor, da paixão ardente à amizade banhada a sexo e, por fim, da insuportável consciência de que não existe o amor ideal. Poucos autores são capazes de traduzir os anseios e os desejos femininos com precisão."

Darlene Menconi, "Rosa-choque: João Almino fala das angústias femininas", *IstoÉ*, 22 ago. 2001.

AS CINCO ESTAÇÕES DO AMOR 211

"Um dos aspectos mais interessantes e inovadores do livro é o espaço para a transexualidade, e para as relações homossexuais, aceitas e acolhidas, e que transformam o que é considerado feminino. Grandes amigos de Ana são um casal de homens com um filho adotivo, que lhe fazem a festa de aniversário."

Betty Mindlin, doutora em Antropologia e autora, entre outros, de *O primeiro homem*. — "A travessia de uma mulher", *Jornal da PUC*, 13 set. 2001.

*

"Esse novo romance do diplomata João Almino, *As cinco estações do amor*, indica, em tom veemente, a posição por ele tomada diante do fazer literário. A começar, porque é, sem dúvida, o mais realista, o mais substantivo dos três, sintoma de que a literatura é, para Almino, uma atividade que conduz ao essencial e que se atém às coisas existentes. Depois, porque é também o mais desesperançado da trilogia, indício, por certo, da maturidade de Almino e de seu empenho em realizar o que ele mesmo define como 'uma literatura contra a ilusão'. [...]

A literatura de João Almino é contemporânea; sem ilusões, impiedoso com as utopias e os sonhos fáceis, ele escreve não como o retratista que deseja reproduzir o real, para celebrá-lo, mas como o carrasco que, pisando o real, nos empurra de cara no chão."

José Castello, escritor e jornalista. — "A literatura de João Almino contra a ilusão", *O Estado de S. Paulo*, 16 set. 2001.

"Li com enorme prazer, como se estivesse num filme de Almodóvar."

Luciana Stegagno Picchio, crítica literária e professora de Literatura na Sapienza Università di Roma. — Sobre a 1ª edição brasileira de *As cinco estações do amor*, 20 out. 2001.

*

"João Almino é simultaneamente o grande narrador que já nos deu demonstrações da sua capacidade de criar e um politicólogo, alguém que reflete o tempo todo sobre o Brasil, tanto na sua narração quanto no seu ensaio político."

Eduardo Portella, crítico literário, professor da UFRJ e membro da Academia Brasileira de Letras (ABL). — Comentário incluído na contracapa de ALMINO, João. *As cinco estações do amor*. Rio de Janeiro: Record, 2001.

"Chama a atenção a desenvoltura com que João Almino percebe os movimentos e contramovimentos da protagonista. Chama ainda a atenção o impulso ansioso de ouvir, traduzir e saber o 'outro'. [...]

Em primeiro lugar, em vez dos artifícios narrativos anteriores, o autor joga-se total e abertamente, sem intermediários, no feminino. [...] O deslocamento da narrativa para o feminino quebra algumas normas éticas e estéticas. Sob o impacto da luz agressiva da cidade, desarmam-se, em cena aberta, os truques literários. O que está agora em questão é o ponto de chegada de uma longa revolução. É a voz e a vez de um acerto de contas."

Heloísa Buarque de Hollanda (Heloísa Teixeira), professora, ensaísta e crítica literária. — "Imersão no universo do outro", *Jornal do Brasil*, 16 jun. 2001.

"João Almino mói no áspero. Amor e amizade. Sexo e sensualidade. Desejo e violência. Daí o naipe de personagens, que tanto aponta para as transformações revolucionárias que deveriam ter sido quanto para as mutações comportamentais que estão sendo. Ex-guerrilheiros convivem com homossexuais e travestis, jovens criminosos contrastam com a maturidade (in)conformada.

Se Brasília é a cidade-fantasma que anunciava o fim da metáfora do Brasil como país também fantasma, *As cinco estações do amor* redefine a nação brasileira como algo que esteve para ser inventado pelos homens."

Silviano Santiago, escritor, crítico e professor, agraciado com o Prêmio Camões pelo conjunto de sua vasta obra. — Texto retirado da orelha da 1ª edição de *As cinco estações do amor*, 2001. O autor também escreveu longo ensaio sobre o mesmo livro, publicado como prefácio da edição argentina: *Las cinco estaciones del amor*. Trad. Maria Auxilio Salado e Antelma Cisneros. Buenos Aires: Corregidor, 2009. p. 7-26.

"Estamos conhecendo pela primeira vez em espanhol a obra deste importantíssimo escritor brasileiro, João Almino. [...] As cinco estações do amor reafirma dois elementos [...]: a exploração dos diferentes tipos de relações que existem entre o corpo e a escrita [...] e a vocação latino-americana. Espero não parecer antiquada demais ao dizer que esta vocação está agora mais forte do que nunca, ante o embate de mercados que se dizem globais e da violência localizada [...] Embora pareça inútil seguir dizendo, não pensamos claudicar neste gesto ético mínimo: NÃO À GUERRA. NÃO À VIOLÊNCIA [...]

Talvez João Almino tenha invocado seu próprio e renovado fogo para chegar a esta voz feminina que narra As cinco estações do amor — 'Madame Bovary c'est toi', desculpe: 'Ana c'est toi' —, para chegar a este romance que são muitos romances, este romance que fala do amor e das suas diferentes épocas, da amizade e das suas cumplicidades, mas que é também um romance político — tanto no sentido de 'o pessoal é político' como na forma sutil e sóbria por meio da qual fala de etapas de repressão e silenciamento, de medo e desaparecimentos. Ana e seus amigos são filhos dos desejos dos anos 1960 [...]

Aprendemos quem somos no desejo. Essa é a descoberta da narradora, que nós, leitores, também fazemos através dela. [...] Talvez eu tivesse que mudar tudo o que disse porque, chegando a este ponto, não tenho dúvidas de que a utopia está no calor do desejo."

Sandra Lorenzano, escritora e professora. — "¡Ah, el amor!", excerto de texto lido em apresentação realizada na Universidad del Claustro de Sor Juana, Cidade do México, 21 ago. 2003.

"Almino metaforiza as palavras como pinceladas vermelhas: se parecem com a cor com que Norberto/Berta pintou a protagonista. A escritura como metáfora é insistente: a caneta é o revólver, a arma que Diana adquiriu para sua própria segurança. E existe uma obsessão muito filosófica e muito literária ao mesmo tempo: o tema de Octavio Paz sobre o instante, o desejo de começar do zero, a partir da desilusão posterior a 1968 [...]. Como em Cervantes, a escritura cria os personagens vendo-se a si mesmos como construções discursivas. Há muitos momentos em que Ana se propõe a destruir todos os papéis e o leitor tem a impressão de que ela também destrói o que ele lê."

Guillermo Lescano Allende, "Deus não pensa por números redondos", *La Jornada Semanal*, México, 14 set. 2003, a propósito da edição mexicana: *Las cinco estaciones del amor*. Trad. Maria Auxilio Salado e Antelma Cisneros. México: Alfaguara, 2003.

"Aguardo cada livro de João Almino com a certeza de que encontrarei em suas páginas uma surpresa inteligente. E meu espanto nunca diminuiu.

Trata-se de um narrador quase único, que sabe transmitir ideias profundas sem que elas reduzam a vida da substância das histórias que conta. [...]

Os personagens de *As cinco estações do amor* aparecem enquadrados e animados pela sensibilidade e o raciocínio da narradora. E é ela quem melhor nos transmite passo a passo a noção peculiar de corpo que ajuda a moldar sua história.

Uma noção de corpo muito interessante e provocativa. Resumindo numa frase: o corpo é múltiplo, imprevisível, incompleto, radicalmente desejante e transformável. [...]

Ao contrário da invasão dos romances lineares e prolixos que viraram moda, influenciados sobretudo pelo jornalismo, a narrativa de João Almino avança em alta velocidade, dando saltos na ação."

Alberto Ruy Sánchez, ficcionista, poeta e ensaísta mexicano. — "El cuerpo múltiple y sorpresivo: sobre *Las cinco estaciones del amor*, de João Almino". Excerto de palestra apresentada no Festival de la Palabra, Cidade do México, 30 abr. 2004.

"O mundo de Ana, assolado pelas irresoluções de sua geração, a dos anos 1960, a geração meio perdida na repressão do regime militar, é um mundo demasiado complexo para que algumas ideias consigam dar conta dele. É essa a descoberta que Ana faz a partir do momento em que toma conhecimento do regresso, dos Estados Unidos, de uma de suas amigas mais queridas. [...]

Não sei qual dos três romances o autor prefere, se prefere algum. Às vezes penso ser *Ideias para onde passar o fim do mundo*, pelo seu vigor e originalidade. Às vezes tenho certeza de que é *Samba-enredo*, porque é um tour de force narrativo, motivo de orgulho para qualquer escritor. Mas este último, *As cinco estações do amor*, é o mais cativante, aquele que expõe, à luz de Sófocles, como disse Pound, a fragilidade das ideias que nos deram fôlego, a audácia de queimar navios e papéis, a esperança no ato de narrar, metáfora da vida, e a imagem de uma Brasília, com tudo o que ela significa, ainda à espera de dias melhores."

Valquiria Wey, professora de Literatura da Universidad Nacional Autónoma de México (UNAM). — Trecho da conferência apresentada pela autora no Festival de la Palabra, Cidade do México, 30 abr. 2004.

"Contada com muita sensibilidade, a história de Ana/Diana é a de qualquer mulher que atinge a maturidade sem outro incentivo que não a companhia dos outros [...].

O romance é construído com tanto esmero que, uma vez terminada a leitura [...] parece que ficamos com algo de cada um dos personagens. Sem nenhum refinamento técnico, ele parece muito cinematográfico, e aquela visão de Brasília com seus eixos, seu lago, seus delinquentes e um certo apego emocional à paisagem [...] faz dessa história uma espécie de encenação, uma sinfonia urbana onde a cidade é, muito mais que um palco, uma presença vital que impõe os ritos do sexo ou da violência [...]. A presença da imagem plástica reforça essa impressão do romance como uma obra visual, sobretudo como uma réplica da pintura muitas vezes referida, uma espécie de retrato estático de Dorian Gray, onde o rosto da protagonista aparece envelhecido desde o início da história."

Zaida Capote Cruz, crítica literária. — "La vida en un instante: sobre *Las cinco estaciones del amor*, de João Almino", *Revista Casa de las Américas*, v. 235, p. 158-160, abr./jun. 2004.

"Um relato íntimo, profundamente pessoal, um desses livros que não se pode deixar de ler."

Lorena Elizabeth Hernández, "La felicidad: *Las cinco estaciones del amor* de João Almino", *Diario Monitor*, Cidade do México, 29 mai. 2005.

AS CINCO ESTAÇÕES DO AMOR   221

"Ensaísta reconhecido, com uma importante obra de reflexão política e ética, desde 1988, com a publicação de *Ideias para onde passar o fim do mundo*, Almino vem construindo uma sólida e coerente obra ficcional, à qual se acrescenta *Samba-enredo*, romance lançado em 1994.

A trilogia de Brasília esclarece que o poder mitificado corrompe absolutamente as relações entre os homens e sua compreensão desse objeto de difícil discernimento que chamamos 'realidade', talvez com uma confiança excessiva. [...]

O romance de Almino propõe assim a verdadeira força da experiência literária: literatura é pensamento em ação; literatura é filosofia que não para de pensar. [...]

Provavelmente, nessa altura, o leitor perguntará: é possível associar os romances de Flaubert e Machado de Assis com a atividade da narradora do relato de Almino? Ora, Emma Bovary jamais tem voz própria, só a conhecemos por meio da voz impessoal do narrador flaubertiano, com seu elaborado discurso indireto livre. Do mesmo modo, Capitu nada pode revelar sobre os ciúmes impertinentes de seu marido, já que o mesmo é o dono do relato. Proponho ao leitor, como alternativa, um exercício de imaginação: uma Emma Bovary que não apenas lesse, mas sobretudo escrevesse — perfeito antídoto quixotesco contra o vazio de uma vida estável, demasiadamente estável. Vazio que afeta Ana e a leva a um gesto igualmente desesperado: 'Tivesse uma bomba aqui, explodia a casa, Brasília, o mundo, esta obra de um Deus mal-humorado'. Talvez na pacata Yonville não fosse possível conceber uma solução tão radical [...]. Talvez por isso, contrariamente à situação final de Madame Bovary, durante todo o romance, Ana é a própria investigadora de seus papéis e encontra, em Carlos, a 'última estação do amor' — o amor-amizade da maturidade."

João Cezar de Castro Rocha, professor de Literatura Comparada da UERJ, crítico literário e escritor. — "As estações de um autor: o *work in progress* de João Almino", *Imaginário*, n. 14, p. 15-27, 2007.

AS CINCO ESTAÇÕES DO AMOR

"Este é um romance fascinante, sábio e pleno de informação, e ninguém interessado no Brasil contemporâneo deveria deixar de lê-lo."

David Beaty, escritor norte-americano. — "Acclaim for the Five Seasons of Love". In: ALMINO, João. *The Five Seasons of Love.* Trad. Elizabeth Jackson. Nova York: Host Publications, 2008. p. 2.

"Construir uma casa afetiva, uma família conquistada. A este desafio é que *As cinco estações do amor*, de João Almino, se lança, em que a própria escrita é uma casa espiritual nova, um abrigo.

[...] A paisagem de Brasília é toda afetiva, um mistério em meio ao excesso de luz nas suas quatro estações, e mais uma, como um presente, uma conquista [...] Depois da casa perdida, incendiada, não o retorno para de onde viera, a casa de sua mãe em Taimbé, nem se isolar, se fechar, mas o encontro, a transformação na maturidade: 'Quero o absolutamente simples, que me acalenta, meu olhar sereno sobre a cidade que escolhi, a caminhada pela orla do lago Paranoá que sugiro agora a Carlos'. Desde o início, Carlos é marcado pela suavidade, um homem que gosta de flores, procurando um ritmo marcado pela lentidão e tranquilidade. A cidade monumental, desumana, 'de sonhos perdidos entre paisagens de desolação', terra de estrangeiros, se transforma para Ana, sob um novo olhar [...]."

Denilson Lopes, "De volta à casa". In: *A delicadeza*. Brasília: Editora UnB, 2008. p. 115-129.

"Vista a partir deste *As cinco estações do amor*, a trajetória de João Almino como romancista parece transmitir, numa versão comprimida, a história do romance ao longo do século passado: tendo passado por vários níveis de experimentação formal, tendo se engajado em múltiplas estratégias para provocar produtivamente seus leitores, ele é agora uma presença poderosa no que poderíamos chamar de 'virada existencialista' do gênero.

Este romance é novamente sobre o 'mundo', sobre a impossibilidade definidora de mulheres e homens de encontrar um lugar estável no mundo; e o faz com tons e cores que não são fortes nem amargos. Se você conseguir ler João Almino com simpatia, se conseguir se envolver com a existência de Ana, sua bela protagonista e narradora, então este romance o convencerá de que devemos viver — e devemos tentar viver felizes — com as mínimas oportunidades que cada vida individual tem a oferecer."

Hans Ulrich Gumbrecht, professor de Literatura Comparada da Universidade Stanford e membro da Academia de Artes e Ciências dos Estados Unidos. —"Acclaim for the Five Seasons of Love". In: ALMINO, João. *The Five Seasons of Love*. Trad. Elizabeth Jackson. Nova York: Host Publications, 2008. p. 1.

"As *cinco estações do amor* coloca a Brasília de ângulos retos do plano de Niemeyer e Costa diante de uma humanidade propensa a reviravoltas e zigue--zagues contrária a qualquer plano ou grade concebível. O resultado é uma Brasília policromada e um Brasil muito mais ricos, mais envolventes e profundamente humanos do que os sonhos de arquitetos e engenheiros sociais."

Jeffrey Schnapp, diretor do Laboratório de Humanidades da Universidade Stanford. — "Acclaim for the Five Seasons of Love". In: ALMINO, João. *The Five Seasons of Love*. Trad. Elizabeth Jackson. Nova York: Host Publications, 2008. p. 2.

AS CINCO ESTAÇÕES DO AMOR

"Os três romances, cujos personagens encarnam a experiência de vida em Brasília, têm precedentes na literatura urbana brasileira. A narradora Ana, de Almino, que olha para o lago Paranoá, em Brasília, tem sido considerada companheira dos personagens Brás Cubas, de Machado de Assis, em *Memórias póstumas de Brás Cubas*, ou Rubião, em *Quincas Borba*, que contemplam a baía de Botafogo a partir de suas residências na cidade. A influência do realista português Eça de Queiroz tem sido vista no círculo de intelectuais e escritores alienados da sociedade burguesa do seu tempo. No Brasil do século XX, o romance de Almino encontra um paralelo no retrato de Oswald de Andrade da cidade modernista de São Paulo em 1922, com seu retrato psicológico da personagem Alma, que luta nas profundezas urbanas de paixões e traições. Ana, de Almino, também traz à mente as heroínas de Clarice Lispector, existencialmente alienadas de suas vidas burguesas e inúteis como donas de casa no Rio de Janeiro de meados do século. Na Brasília de Almino, que amadureceu da década de 1960 até a virada do século, personagens urbanos continuam a interagir com as idiossincrasias da capital, lutando para evitar a falta de sentido e a artificialidade em suas novas vidas. O grupo de amigos que figura no romance, cujas vidas se dispersam e mudam de forma imprevisível, autodenomina-se 'os inúteis'.

A narrativa de Ana tece as histórias pessoais desses personagens, que se sentem desenraizados e alienados no ambiente futurista. *As cinco estações do amor* é um romance sobre mudança, adaptação e sobrevivência em circunstâncias inesperadas e estranhas."

K. David Jackson, professor de Literatura Brasileira e Portuguesa na Universidade Yale. — Introdução à edição de *As cinco estações do amor* em língua inglesa: "Writing the Futuristic City: Brasília's *The Five Seasons of Love*". In: ALMINO, João. *The Five Seasons of Love*. Trad. Elizabeth Jackson. Nova York: Host Publications, 2008.*

---

* Este e os demais textos originalmente publicados em língua estrangeira foram livremente traduzidos pelo autor, em colaboração com o intérprete e tradutor Christopher Peterson.

"Como é habitar a pós-utopia? Em seu brilhante romance, que faz pensar, João Almino capta as contradições da vida cotidiana em Brasília [...]."

Marjorie Perloff, professora emérita de Literatura Comparada na Universidade Stanford e autora de *The Vienna Paradox* e *The Futurist Moment*. — Trecho de um dos textos da contracapa da edição em inglês do romance: ALMINO, João. *The Five Seasons of Love*. Trad. Elizabeth Jackson. Nova York: Host Publications, 2008.

*

"O romance de João Almino é uma canção de amor à vida [...]. Com destreza e paixão, o autor exprime a promessa momentosa de amizade profunda entre homens e mulheres."

Mary Louise Pratt, professora de Literatura Comparada na Universidade de Nova York. — "Acclaim for the Five Seasons of Love". In: ALMINO, João. *The Five Seasons of Love*. Trad. Elizabeth Jackson. Nova York: Host Publications, 2008. p. 1.

"Num trabalho ao mesmo tempo de grande concentração e vasta abrangência, João Almino produziu um retrato múltiplo, vividamente detalhado e de ressonância histórica."

Michael Palmer, poeta norte-americano, autor de *Company of Moths*, entre outros. — Trecho de um dos textos da contracapa da edição em inglês do romance: ALMINO, João. *The Five Seasons of Love*. Trad. Elizabeth Jackson. Nova York: Host Publications, 2008.

*

"A reunião dos jovens idealistas dos anos 1970 transforma-se num processo de reencontro, ponderado e medido sarcasticamente ao longo dos cinco capítulos do romance. Uma visão irônica da vida foi o que perdurou desde a juventude, quando eles se autodenominavam, brincando, 'os inúteis'."

Regina Igel, professora da Universidade de Maryland. — Sobre a tradução para o inglês: ALMINO, João. *The Five Seasons of Love*. Trad. Elizabeth Jackson. Nova York: Host Publications, 2008.

"[...] traçando precisamente esse arco em sua cronologia, *As cinco estações do amor* se apoia nos pilares de duas tradições: uma, a da *ille tempore*; a outra, a das ilusões perdidas [...]. Assim, o tempo não pode deixar de ser esse tempo, tempo perdido e irrecuperável (a natureza antiproustiana de Almino, apontada tanto por Silviano Santiago no seu prefácio como por Pedro Meira Monteiro no seu estudo crítico); e as ilusões que aquele tempo abrigou e promoveu só podem ser ilusões perdidas.

Este é o inferno de *As cinco estações do amor*, se sua inspiração for Rimbaud; este é o seu calvário, se for baseado na via-crúcis de Jesus Cristo; esta é a sua excrescência temporal, se pensarmos que as estações do ano não são cinco, mas quatro. Uma frase do parágrafo inicial do romance sela essa condição: 'Há erros que só aparecem com a experiência, quando já não conseguimos corrigi-los'."

Martín Kohan, escritor e crítico argentino, autor de *Ciencias morales* e *Museo de la revolución*, entre outros. — "As cinco estações do amor, de João Almino", Buenos Aires, 21 out. 2009.

"Há algo especial e um tanto inusitado nessa literatura que se exercita a si mesma diante dos olhos do leitor. É que, ao contrário do que se poderia supor à primeira vista, tais experimentações não a esvaziam de um caráter propriamente lírico, quase elegíaco por vezes. [...]

Sua prosa, pode-se dizer, obedece pelo menos a dois tempos: um que segue o fluxo do pensamento [...] e outro tempo que, mais lento, permite afastamentos momentâneos, criando instantes em que pequenos contornos antes invisíveis se deixam flagrar [...]."

Pedro Meira Monteiro, professor de Literatura da Universidade de Princeton. — "Todo instante: A ficção de João Almino", *Luso-Brazilian Review*, v. 47, p. 61-70, 2010. O autor também escreveu longo ensaio sobre o livro, publicado como posfácio da edição argentina: "No pertenecer perteneciendo: en torno a Las cinco estaciones del amor". In: ALMINO, João. *Las cinco estaciones del amor*. Trad. Maria Auxilio Salado e Antelma Cisneros. Buenos Aires: Corregidor, 2009. p. 203-217.

"*As cinco estações do amor* é um romance onde os personagens embarcam em transições que transcendem a prisão do passado para chegar a novos começos e renovação pessoal. [...]

Claramente, o terceiro romance de João Almino em sua brilhante trilogia sobre Brasília também é sobre o amor em suas diversas manifestações [...]."

Steven F. Butterman, professor e diretor do Programa de Língua Portuguesa e diretor do Programa de Estudos Femininos e de Gênero da Universidade de Miami. Tem publicado com ênfase em estudos de gênero e queer. — "The Five Seasons of Love". *Review: Literature and Arts of the Americas*, v. 44, n. 2, p. 319-321, 2011. Disponível em: <dx.doi.org/10.1080/08 905762.2011.614492>. Acesso em: out. 2024.

"É justamente no esvaziamento do planejamento do moderno que João Almino coloca seu olhar como romancista, situando seus personagens, um grupo de amigos que se autodenominam 'inúteis', entre as grandes superfícies dos prédios governamentais de Brasília, entre seus imensos viadutos e superquadras [...]. Apesar desses cenários metafísicos (curiosas espécies de ruínas do futuro, como os descreveu Clarice Lispector), a vida doméstica e privada que ali se desenvolve continua marcada pela corrupção, pela criminalidade selvagem e por um árduo confronto entre emoções e solidão. [...]

Antes de mais nada, o romance de Almino tenta investigar os tipos de sociabilidade que podemos imaginar hoje após a perda de qualquer idealidade sociopolítica. Que tipo de comunidade é possível recomeçar a moldar uma vez terminada a força motriz das utopias modernas? [...]

O estilo sóbrio e essencial do romance, ora lapidário, ora melancolicamente seco e reservado, é quase uma metáfora estilística da atitude de franca abertura que a obra desenvolve. Trata-se de um estilo purificado através de uma admirável atenção aos detalhes linguísticos (seguindo as lições de grandes estilistas brasileiros como Graciliano Ramos), e que quase parece lançar uma espécie de desafio literário à sobrecarga de informação a que a esfera midiática mais ampla está continuamente submetida. Neste volume, a dimensão estilístico-literária não é de forma alguma secundária em relação à ético-política."

Beppi Chiuppani, doutor em Literatura pela Universidade de Chicago, autor de tese sobre o autor e professor italiano. — "Nota del curatore". In: ALMINO, João. *Le cinque stagione dell'amore*. Trad. Amina Di Munno. Fagnano Alto: Editrice Il Sirente, 2012. p. x-xiii.

"Podemos considerar preliminarmente *As cinco estações do amor* como o romance de uma geração, uma espécie de *Reencontro* brasileiro. Não é por acaso que, nesta perspectiva, a protagonista e narradora cultiva a teoria do instantaneísmo, ou seja, a possibilidade de dar forma à dispersão e à entropia da existência reunindo tudo numa dimensão pontual e irrepetível. [...]

Um romance de pensamentos — quase diria um romance filosófico, ou um romance da busca de um sentido que passa (óbvia e necessariamente) também pela exploração da instância corporal e pela experiência erótica —, um romance, portanto, que ajuda a refletir sobre a impraticabilidade das ilusões e o inevitável naufrágio das utopias, convidando-nos, no cancelamento de um passado vivido na espera, a encontrar-nos num presente familiar, próximo, em que até a ilusão ou a utopia se tornam pedaços de um mosaico que se recompõe no momento."

Ettore Finazzi-Agrò, Sapienza Università di Roma. — Trecho retirado de conferência incialmente apresentada em encontro sobre a tradução italiana de *As cinco estações do amor*.

Roma, mai. 2012.

"Assim como a Manaus de Milton Hatoum, a Brasília de João Almino também passa por uma espécie de processo de 'personalização' e assume papel de protagonista [...].

Aqui, como Manaus, ela se presta a desempenhar um papel de importância primordial dentro de uma trama novelística. João Almino, porém, não mostra apenas seu aspecto mítico e grandioso, mas observa os problemas típicos dos grandes centros urbanos, como as desigualdades sociais, a pobreza, de cuja violência os personagens fictícios que ocupam o centro da cena são testemunhas e atores. No romance *As cinco estações do amor*, a narração é conduzida por uma voz feminina que destaca, por meio de uma história pessoal e de suas próprias frustrações, as transformações ocorridas no país nos últimos trinta anos, passando também pela ditadura militar:

Brasília, que tinha sido promessa de socialismo e, para mim pessoalmente, de liberdade, não usava mais disfarce. A desolação de suas cidades-satélites já a asfixiava. Respirávamos um ar opressivo, pois, até na sala de aula, olhávamos com desconfiança para os colegas recém-ingressos; um deles podia ser do SNI.

Esta chave de leitura remete a um conceito, hoje difundido e estudado no mundo contemporâneo, que encerra numa definição a ideia de 'humanização da cidade'."

Amina DiMunno, ensaísta, tradutora e crítica italiana. — "Nella narrativa brasiliana attuale, protagonista la città", *Revista de Italianística*, n. 34, 2017. Disponível em: <www.revistas.usp.br/italianistica/article/view/139841/135102>. Acesso em: out. 2024.

Este livro foi composto na tipografia GoudyOlSt BT,
em corpo 12/16, e impresso em
papel off-white no Sistema Cameron da
Divisão Gráfica da Distribuidora Record.